光文社文庫

文庫書下ろし

はい、総務部クリニック課です。

この凸凹な日常で

藤山素心

光 文 社

この作品は光文社文庫のために書下ろされました。

目次

【第一話】バランス

時刻は、午後六時。

酷暑だった夏も過ぎ、日が暮れるのも早くなってきた。

社内に新設されたクリニック課へ医療事務として異動になってから、もう半年が経つ。

ということは、清掃用具などの美化用品を製造販売する企業「ライトク」東京本社に通勤して、そろそろ八年になるということ。四車線の大きな道路を越えた先に並ぶ住宅の一画に交ざる職場を目指し、駅から二十分の距離を灼熱の日も極寒の日も歩き続けて八年。

でも問題は八年ではなく、そろそろ人生の節目である三十歳を迎えるということだ。

三十歳になるということは、高校を卒業してから十二年が経ったということ。十二年が経つということは、生まれたばかりの赤ちゃんも、小学校を卒業してしまうということ。あるいは小学校からやり直したとしても、中学校と高校をもう一度卒業できてしまうし、干支も一周してしまうということ――それが十二年という歳月だ。

先月行われた年に一度の社内健康診断では評価オールAを取り、まだ体にガタがきていないと分かったのは、ちょっとした心の救いになった。これで体に問題が出始めていたら、おそらく本当の意味で心身共に折れていただろう。

ダメだ。今はクリニック課の業務をなんとか定時で終わらせたあと、その健診結果を363通の封筒に仕分けしながら詰める作業中なのだ。こんな雑念が脳内に広がり始めたということは、集中力が切れて思考の向きがズレ始めている証拠。

そんな時は軽く握った手で、おでこをトントンすることにしていた。

「ん――」

覚えたばかりの認知行動療法の一環として、ネガティブな【考え方】や【予期不安】は、積極的に遮断したり切り替えたりしている。この「おでこトントン」はその「きっかけ刺激」として個人的に取り入れてみたのだけど、集中スイッチを入れたような感じがするので気に入っている。

「マツさん、頭痛？」

心配そうにのぞき込んできたのは、隣の机で残像が見えるレベルのキーボード入力をしていた、クリニック課の課長で医師の森先生。サラサラに伸ばしたアシンメトリーな前髪を左耳へかけたツーブロックも、淡白系ホスト顔もいつも通り。ぼんやりしているのやら、見つめられているのやら、ともかく視線をそらしてくれないのもいつも通りだ。

「や、違います。これ、切り替えスイッチなので」

「……スイッチ？」

「なんて言うか、あれです……その、最近教えてもらった」

この仕草をなんと説明すれば認知行動療法の一環だと先生に伝わるか悩んでいると、向かいのデスクから眞田さんが助け船を出してくれた。

「リュウさん、あれは【思考】の切り替え。認知行動療法ですよね？　奏己さん」

前髪にゆるめのツイスト・スパイラルパーマをかけ、センターパートにしたメガネのチャラ系ホスト顔の、薬局課の課長で薬剤師の眞田さん。さすがは次世代型コミュニケーション・センサーを持つスーパー・ムードメーカーだけあって、察しが早いし正確だ。

「そう、それです」

「なぜマツさんは今、思考の切り替えを？」

「別に、いいじゃん。なんで、人の頭の中を覗きたがるのよ」

「気になるからだが？」

「……そういうとこ、ホント治んないよね」

仕事以外のこと――ましてや三十歳を迎えることに葛藤していたなど、覗かれるのはちょっと勘弁して欲しい。

「やはり役職未満の残業は、最長で一時間までにするべきだな」

「それ、奏己さんだけってことじゃん」

「そうだが？」

なぜ先生が、眞田さんと張り合っているのか分からない。

ただ時々、このふたりはワケもなく張り合うことがある。

「逆に、なんで奏己さんだけ帰そうとするワケ？」

「逆に、なぜマツさんを日の沈んだあとまで残業させようとするのか理解できないが？」

「あの、先生……私は、別に」

やれやれと眞田さんは肩をすくめて、ため息をついた。

「あんまり、口に出して言いたくなかったけど――」

チラッと眞田さんの視線が飛んで来た。

これはマズい、すでに見透かされているかもしれない。

「――奏己さん、わりと楽しんでますよね？　残業」

「えっ!?」

ダメだ。やはり次世代型コミュニケーション・センサーを持つ眞田さんには、完全に見透かされていたのだ。

何を隠そう実は今、とても楽しい。

前に社内で認知行動療法の講演をした時、ふたりは業務が終わったあともクリニック課に残って、録画した講演を配信用の動画に編集していた。本当はあの時、何の役にも立てないけど、動画編集の場に居たかった。でも結局「私も興味あるんで、横で見ていていいですか？」のひとことが言えなかったのだ。

みんなに交ざって遊びたかった高校の頃を思い出して辛くなるのは、もうイヤだ。だから今回は、何としてでもふたりの作業に交ざろうと決めていた。そして定時で帰そうとする先生に勇気を持って意味不明な言い訳をして、ようやく単純作業である封筒詰めを勝ち取ったのだった——と思い返してみると、発想があまりにも残念な人すぎて、それはそれで痛々しい気がしないでもない。

「残業が楽しい——」

何か気づいたような顔をしている先生だけど、絶対気づいていないと思う。

「——まさかマツさん、借金が？」

気づいていない代わりに、斜め45度ぐらいズレた結論を出していた。

「や、違いますよ!?　あの、そういう……お金が欲しいとかじゃなくて」

「では、なぜ？」

「もう、いいじゃん。さっさとやろうよ。オレらを抜かして、３６３人分だよ？　健診結果を見て、封筒に詰めて終わりじゃないでしょ？」

「……そうだったな」

不本意な顔のまま先生は作業に戻ってくれたけど、眞田さんの言うとおりだった。

今年の会社健診は、社内部署のクリニック課でやれるのではないか——そんな無謀な意見が出たらしいのだけど、そこは先生と同期の医師でもあった三ツ葉社長が止めてくれて、例年通り「会社健診業者」への委託となった。

でもどうやら、それが先生は悔しかったらしい。

——クリニック課は、ライトクの福利厚生部門なんだぞ。

プライドなのか意地なのか、はたまた固執なのか。驚くことに先生は、返却されたライトク社員全員分の検査結果すべてに目を通し始めたのだった。

「リュウさん、053番さんは？」

「要再検査。かかりつけ医に報告書」

「うい。058番さんは？」

「内視鏡の精密検査。検査紹介状」

「061番さん」

「かかりつけ医なし……あー、うちで要経過観察」

「あいよー」

結果が出てしまえば、あとはなおざりになりがちな健康診断。テストの成績が返ってきたように「今年も肝機能がひっかかったかー」「また尿酸値がー」と一喜一憂して終わることも多く、中には「検査には毎回引っかかるけど、ぜんぜん元気なオレすげーだろ」と自慢する人までいるのだという。

しかし健診で異常が見つかっても受診しない一番の理由は、悲しいことに「忙しくて受診できない」ことらしい。

それではせっかくのスクリーニング(選別)も、まったく意味がない。

健診後の指導や治療管理について、これからはクリニック課が責任を持って対処したいと考えた先生は、健診結果を四つに分けて管理することにした。

（1）異常なし
（2）要経過観察／要再検査／要精密検査／要治療
（A）かかりつけ医のある者や他院の受診を希望する者には健診結果の評価と報告書を全員に作成して渡す
（B）精密検査を要する者には適切な医療機関への紹介状を全員に作成して渡す
（C）かかりつけ医のない者はクリニック課に【健診相談窓口】を開設して管理と治療を行う

つまり三ツ葉社長が言うところの「No one gets left behind.――社員はひとりも置き去りにしない」を健診でも実行したところ、わりと壮大な作業を産むことになったのだ。

先生は（2）の（A）（B）について、検査結果と管理治療方針だけに絞り、報告書と紹介状を延々と書き続けている。眞田さんは先生の指示で紹介先や報告先のふるい分けをしながら、宛名や定型文などを書き込んで補完し、報告書と紹介状を完成させる。

そこで残った仕事が、誰にでもできるルーチン・ワークの「封筒詰め」というわけだ。

「ねぇ、奏己さん。ハラ減りません？」

「えっ？　あ、まぁ……」

やはり、みんなで残業するのを楽しんでいたのだろう。時刻は午後六時半を過ぎていたけど、それほどお腹が空いた感じはしなかった。

「リュウさーん。オレ、ハラ減った」

「なるほど」

スマートグラスをしていないせいで、先生はモニターから目を離すことはない。もちろんキーボードを叩く指も、まだ残像が見える速さで動き続けている。

「リュウさんさぁ。最後に水分摂ったの、いつ？」

「そうか」

「……ダメだ。始まったよ」

ヤレヤレとため息をついた眞田さんは立ち上がり、ショーマ・ベストセレクションの棚からポカリスエットを取って先生に差し出した。

「ん？　なんだ、ショーマ」

ようやく手を止めた先生が、不思議そうに眞田さんを見あげている。

「診療を終わってすぐこの作業を始めたみたいだけど、けっこう何も飲んでないよね？」

「……どうだろうか」

ずいぶん真剣に考えている。いつ何を飲んだか、そんなに忘れるものだろうか。

「いつから飲んでないのよ。診療の最後の方も患者さん続いたから、飲んでないっしょ」

「なるほど。それはあり得るな」

しかも、ビックリするぐらい他人事(ひとごと)だ。

「あと、これ」

「目薬？」

「まばたき、減ってるんだと思う」

「なるほど」

「もー、カンベンしてよ。オレだって、作業あるんだからさー」

よく見ると、確かに先生の目は軽く充血していた。これに気づいた眞田さんに驚くべきか、気づかない自分を恥じるべきか。

それ以前に「まばたきを忘れる」ことなど、人間としてあり得るのだろうか。

「そういえば奏己さんには、まだ言ってなかったですよね」

「な、なにをです？」

そんな視線に気づいてくれたのか、眞田さんはコーヒーをふたつ淹れながら振り返った。

「リュウさんって集中すると、生き物としての機能をちょいちょい忘れますよ」

「えぇっ⁉」

「空腹も喉の渇きも忘れますし、トイレに行くのも忘れます」

「や……それはちょっと、大袈裟では」

「特に奏己さんは、信じられないでしょ？　でも、忘れるんだなぁ。はい、コーヒー」

「あ、すいません。ありがとうございます」

ぬるめでミルク多めのコーヒーを手渡してくれたあと、デスクの角に腰掛けてコーヒーカップを持ったまま、すでに作業に戻っている先生を眺めていた。

「いろんな知覚の入力が、どこかで途絶えるんですかね。詳しい機序は知りませんけど、話しかけても聞いてないし、まばたきは減るし、呼吸も浅くなるし……ついでに時間の感覚もおかしくなりますから、いつまでもリュウさんに付き合わなくていいですよ？」

「でも、それだと先生が……」

腕時計に目をやった眞田さんはまたひとつため息をついて、先生とモニターの間を書類で遮った。

「はい、ちょっと止まってー」

「今度は何だ」

「オレと奏己さんはメシ食うけど、リュウさんも食うでしょ?」

「もちろんだ」

当たり前のように答えた先生だけど、そのやり取りには違和感があった。確か先生は、空腹や喉の渇きを忘れるのではなかっただろうか。

そんな口に出していない疑問にもいち早く気づいてくれるのが、眞田さんだ。

「ね。ちょっと何言ってるか、分かんなかったでしょ?」

「え? あ、いや……」

「顔に書いてありますよ」

「そうですか⁉」

ふふっと笑って、眞田さんはコーヒーに口をつけた。

「まぁ、その反応が普通ですよね。だから、リュウさんもさー。そのあたり、ちゃんと奏己さんに説明してあげてくれない? 自分のことなんだしさー」

「そうだな。俺はいいとして、マツさんは何を食べたいだろうか」

「違う違う、なんでそうなるかな」

「では、おまえの言う『そのあたり』とは?」

「リュウさんの高次脳機能(こうじのうきのう)の凸凹(でこぼこ)についてだよ」

「なるほど、そういうことか」

これもウソではなく、いま真剣にそう気づいたのだろう。

前から先生には何となくそういう「ズレた受け答え」があることは知っていたけど、どれもふざけたり誤魔化したりしているワケではないと感じていた。

でもそれも、新しく聞いた言葉「高次脳機能」で説明がつくのかもしれない。

「俺は周囲の人間が、どういう感覚をもって『空腹』と認知しているか分からない」

「……はい？」

やはり、何を言ってるか分からない。

「マツさんは『お腹が空いた』という感覚を言葉で表現するなら、何と言うだろうか」

「お腹が空いた、を説明するんですか？」

「できれば、140字以内で」

そして文字数制限のある、難問を出されてしまった。

でもお腹が空いた時は、お腹が空いた時だ。それをあえて言葉で説明するなら——。

「何か食べたいと思った時が、お腹が空いた感覚……ですかね」

「なるほど、それはとても分かりやすい。が——」

「えっ？　違うんですか⁉」

「——俺はいつまで経っても、何時間経っても、何か食べたいとは思わない」

「や、それはズルくないですか!?」

思わずそう言ってから、爆発するぐらい顔が熱くなった。

ズルいとかズルくないとか、何を大人げなくムキになっているのやら。

「す、すいません……つい」

クスクスと笑う眞田さんからコーヒーを受け取った先生は、真顔で続けた。

「いや。それが正しい反応だと思う」

「でも、先生……もし何か食べたいって、ずっと思わなかったら……先生は」

「生きて行けない」

「……ですよね」

それを聞いても、眞田さんはツッコミを入れるつもりはないらしい。

このなぞなぞというか、とんちというか、禅問答というか——それを言ったら終わりなのに言ってしまった会話は、どう続ければいいのだろうか。

「だから子どもの頃から、俺は人に合わせて食事をしている」

「はぁ……」

もう相づちを打つだけにして、話を続けてもらうのがベストだろう。

「給食やお昼休みになれば『食べる時間が来た』と分かるので、みんなに合わせて食べていた。あるいは誰か——たとえば今ならショーマが言い出したので、夕食の時間になったのだと気づくことができる。しかし自宅ではそうもいかないことが多いので、起きて三十分後や帰宅して三十分後などと時間を決め、厚生労働省が公表している『日本人の食事摂取基準』に準じたエネルギーと栄養素を摂取するようにしている」

「ま――」

マシーンですか、というツッコミを辛うじて飲み込んだ。

「最近は便利なアプリもあるので、管理はずいぶん簡単になったと思う」

わりと真剣に頭を抱えたくなってきたけど、とりあえず髪をかき上げて深呼吸だ。

そんなことがあり得るのかという疑問も、先生が嘘をつくような人ではないので考えなくていいと思う。だとしたら、これは未知との遭遇としか言いようがない。

「ノドの渇きもそうだし、トイレも――」

と言いかけて、先生の言葉が止まった。

「――話の途中で、申し訳ない。ちょっとトイレに行って来るので、待っていて欲しい」

「あ、いえいえ！　どうぞ、どうぞ！」

ステステと出て行く先生の後ろ姿を、気づけば口を開けたまま見送っていた。

「あれは、ようやくトイレ感覚が戻ってきたんでしょうね。何時間ぶりだろ」

くいっとコーヒーを飲み干した眞田さんが、隣に来てつぶやいた。

「そうだったんですね……私、なんで今まで気づかなかったんだろう」

「え。リュウさんのああいう『人とは違う感じ』は、アリなんです？」

「だって先生、ウソはつかない人じゃないですか」

「……すごい信頼ですね。普通は『あり得ない！』って、なるモンですけど」

「それは——」

先生や眞田さんにはこの半年で、これまで知らなかったことをたくさん教えてもらった。なんでもアリのストレス性心身症状、予期不安、負の罠と認知行動療法など——どれもすぐ身近にたくさんあったことなのに、なにひとつ知らなかった。

ならば先生が空腹、ノドの渇き、尿意をうまく感じられないことだって、きっと知らなかっただけで世の中には普通に存在するに違いない。

「——たぶん、誰にでもあることなんじゃないですかね」

眞田さんは表情豊かな人だけど、今日ほど満面に笑みを浮かべたことはなかったと思う。

「すぐにそう思えるのって、マジですごいと思いますよ」

「や、別にすごいとかじゃなく……今まで教えてもらったこと、だいたいそうでしたから」

「ああいうリュウさんの『人と比べて認知しづらい感覚』って、空腹とか口渇（こうかつ）とか、そういう細かい特定の感覚に限らないんですって」

「やっぱり心身症状みたいに、なんでもアリなんですか」

「話が早くていいですね。極端な話、あの人、疲れませんよ」

「なんか、ちょっと想像できるかも……」

「正確には疲れてるんですけど、その状態を『疲れていると脳が認識できない』んです。だから、倒れて初めて『あ、疲れてたんだ』って」

「倒れるまで⁉」

「帰宅してドカッとソファーに座ったらソッコーで意識を失って、気づいたらソファーからずり落ちた姿勢のまま床に寝て朝を迎えてましたってこと、フツーにありますからね」

「ちょ――いろいろ大丈夫なんですか⁉」

「リュウさんが言うには、だいたい低血糖か脱水か睡眠不足らしいですけど」

「あ、そこは先生自身も分かってるんですね？」

「倒れた後に気づくそうです」

「ダメじゃないですか！」

ふふっと笑って、眞田さんは空になったコーヒーカップを置いた。

「そのくせ最速で大学の助教になったり、いつの間にか厚生労働省の研究班に入ってたり……かと思えば、いきなり大学の医局を辞めてたり。なにしてるのかと思って連絡したら、なぜか町の開業クリニックの起ち上げを任されてたり――」

「なにやっても、ハイスペックな人ですね」

眞田さんは大きくため息をついて、なぜか首を横に振った。

「――いや。ただの、バランスの悪い人ですよ」

そこでようやくトイレから戻って来た先生が、勢いよくドアを開けた。いったいどれぐらいトイレに行っていなかったのか、真剣に心配になってしまう。

「申し訳ない。話の途中だったが――ん？ ふたりで、何の話を？」

さて、どのあたりから先生に説明すればいいだろうか。

それはいつも通り、眞田さんにお任せすることにしよう。

「あーっと、待ってリュウさん。最近そのくだり、多くない？」

「何のことだ」

「あれだよ。『なぜ俺だけ共有できない』っていう――」

音もなく距離を詰めてきた先生の肩アタックを、間一髪でかわした眞田さん。

「――聞いてる!? もうそのくだりは、飽きたってば！」

「なぜ、オレの動きが読めた？」

「普通、読めるでしょ！ リュウさん、今年で何歳になるの！」

そして二度目のアタックも、眞田さんはスルリとかわしていた。

「クッ、なぜ――」

「だから。さっさと仕事に戻ろうよ。ね？」

「――当たらなければどうということはない、とでも言いたいのか」

「たぶんそのセリフも、使いどころを間違ってると思うな」

ものすごく悔しそうな顔で、先生は作業に戻った。

そこで突然、電気が流れるように頭の中で何かが繋がった。

先生は眞田さんに、ふざけたりジャレたりしているのではない。真剣にそう感じて、それを最近覚えた仕草で、真剣に表現しているのではないだろうか。

もちろん大人げないのは否めないし、見ているこちらが恥ずかしくなるのも間違いない。だからといって、お笑いの技法で言うところの「天丼」――同じボケやシチュエーションを何度も繰り返して、ウザ絡みしているワケでは決してないだろう。

これはもしかすると、新しく聞いた言葉「高次脳機能」で説明がつくのかもしれない。

膨大な作業に戻りながら、ついそんなことを考えてしまった。

でも結局、チキン6ピースとビスケットの配達を頼むことになった。挙げ句に食べ終わったら手が油で汚れたからという理由で、先生は今日の残業を終えることにした。

この、ちょっと人とズレた感じ。

きっとこれも、高次脳機能というヤツで説明――できるものなのだろうか。

▽ ▽ ▽

今日の定食が何なのか、毎日午前十一時を過ぎた頃から気になり始める。

でもクリニック課のお昼は、午後一時半から。

今まさに定食のどれかが完売する瀬戸際にあるのかと思うと、ついつい急いでしまう。

「お昼、行って来ます」

正直なところ、そろそろキーマカレーの取り放題をやって欲しい。

豚の挽肉(ひきにく)に混ぜるスパイスはカルダモン、クローブ、クミン、イエローマスタードにカレー粉と、あえて控えめにしているアレ。午後の仕事も考えてガーリックも少なめで、そこへ丁寧にすり潰されたオニオンとトマトとカシューナッツのペースト、さらにはヨーグルトを加えることで、荒い肉々しさと露骨なスパイス刺激を抑えた滑らかな口当たりに仕上げているという絶品のアレだ。

それを茹(ゆ)で上がったばかりで湯気を上げる、オリーブオイルを絡めたパスタに乗せ放題のキーマカレー・パスタ。野菜スティックやレタスで食べる、キーマカレー・サラダにもできる。それが取り放題になるのだから、開催回数が少ないのに社食人気トップ3に入り続けるのも納得できる。ただ大将がへそ曲がりなのか、絶対にライスでは食べさせてくれないのが難点。こっそり自宅から、白米だけ持参する猛者が出るほどだった。

「でもなぁ……」

下味や漬けなどの仕込みを欠かさないので、どんな物でも柔らかくてジューシーになってしまう肉料理も捨てがたい。かといって崩れる寸前の絶妙なホクホク加減になったカボチャとレンコンと油揚げの煮物があれば、迷わずそれを選ぶだろう。

大将が来てからの社食は最高だ。ご飯がおいしいというだけで、どんな会社でも離職率をある程度は下げられるのではないかと本気で思ってしまう。

「えっ――」

そんな思いをよそに。社食の入口に掲げられたメニューは、さらなる魅力に輝いていた。

今日の【定番】定食は、鶏のから揚げがメインだった。これだけならスルーしていつも通りの【カロリー調整】定食を選ぶところだけど、なんとあちらには小鉢がふたつも付いているというズルい仕様。

「――キノコと牛しぐれの湯豆腐、エビマヨ春巻き?」

むしろ、それをメインに食べたい。

でもちょっとカロリーが気になったので、いつもの【カロリー調整】定食を見てみると「ベトナム風生春巻き」と「インドネシアのスパイス鳥串焼きサテ」だった。

これは、かなり難しい選択。厨房でニヤッとしている、大将からの挑戦状に違いない。

「や、ちょ……どうしよう」

何事においてもこの調子で、すぐに選べない。これを優柔不断と言えばいいのか、判断と決断のスピードが遅すぎると言えばいいのか。しかもようやく出した答えや判断も、だいたい外れていることが多い。そして最後に「やっぱり、あっちにしておけば良かった」と軽く凹み、自分で自分に「仕方ないんだ」と言い聞かせるまでがセット。

これが生活のすべてにおいて、最終的に要不要を見誤る原因なのだと思う。

「松久くん」

「あ、すいません！」

後ろに行列を作ってしまったかと慌てて振り返ると、そこには久しぶりの顔があった。

相変わらず特徴がない、と言うと失礼だろうか。顔立ちにこれといって目立つところがないので、それは仕方がないだろう。中肉中背のサンプルと言うのは失礼かもしれないけど、それ以外の特徴がないのでこれも仕方ない。髪も無造作で特に整えているわけでもないし、顔にはホクロすら見当たらない。それでもあえて特徴を挙げるなら、プラスチック・フレームのメガネと、少し広くなったおでこだろうか。ともかく電車でも駅でも、通勤途中ならどこにでもいる「おじさんの代表」という言葉がすごく似合う人——それが四十八歳になる総務課の吉川輝昭課長を、最もよく言い表していると思う。

「急がなくて構わないよ。私は、もう決めているので」

気を使ってもらったひとことのようだけど、ならばより一層急がなければならないことに課長が気づくことはないだろう。

こういう時は、取りあえず『いつものヤツ』にするのが無難。ということで【カロリー調整】定食を注文して、さっさと受け取りレーンに進んだ。

なにでも最初からメニューを決めている課長には、背後にすぐ追いつかれてしまった。なにを競っているのか分からないけど、何となく負けられない戦いになっている気がしてならない。トレーに「生春巻きのつけタレ」をちょっとだけこぼしてしまったものの、他はなんとか慌てず冷静に受け取り、最後に中華スープを乗せてレーンを離脱――しようとしてレンゲを取り忘れたことに気づき、再び距離を詰められた。

そしてようやく課長の気配を振り切って、空いているテーブルの角席に無事着地したと思った瞬間。テーブルの向かいに、きつねうどんの乗ったトレーが置かれた。

「ここ、いいかい？」

「え……あ、はぁ」

時間もピークからズレているので、空いている席は他にもたくさんある。それなのに、なぜ吉川課長はわざわざテーブルの向かいに座るのだろうか。

総務課にいた頃、これといった共通の話題もなかった。いろいろ指導してくれたのは高野さんや青柳さんであり、ハンコをもらう以外で特にお世話になった記憶がない。七年間で課長と話した内容は、もしかすると一万字にも満たないかもしれないレベルだ。

ということは、吉川課長の方から話したいことがあるに違いない。

つまりせっかくの美味しい生春巻きとサテは、台無し決定ということだった。

「松久くんは、いつも社食なの？」

「はい。最近は」

「あ、そう。社食（ここ）、美味しくなったらしいからね」

ということは相変わらず独自の健康基準に従い、大将の美味しい新メニューには手を付けず、社食では「うどん」と「そば」を繰り返しているということだろう。

もちろん、それが悪いことだとは思わない。

「ですね」

「ボリュームも増えたよねぇ」

インパラ・センサーが、危険な信号を察知した。なんとか無難に逃げなければ。

「まぁ……カロリーとか、いろいろ選べるように栄養士さんが工夫してくれてますけど」

「へぇ。社食に栄養士を入れたんだ」

「アレルギー食にも対応してくださる、いい栄養士さんです」

課長の前で「栄養士」という単語を出すと、だいたい話を逸（そ）らしてくる。独自に編み出した健康基準も、国家資格の前では無力なのを知っているのだ。

「松久くんは、けっこう食べる方だったっけ？」

始まった。恒例の「食事は健康の基本だから～」のくだりは、まだまだ健全のようだ。

「あまり食べ過ぎないようには、気をつけてます……」

でも予想とは違い、健康食生活の「いろは」は始まらなかった。

それっきり、うどんをすすって無言になった課長。お得意の健康話や昔話をするつもりがないのなら、わざわざ向かいの席に座るのは勘弁して欲しい。これではせっかくのお昼ご飯も、味が分からなくなってしまう。

いや、まだ美味しく食べるチャンスはある。よほどの猫舌でない限り、麺類は食べ終わるのが早い部類のメニューだ。ならばサテをチビチビとかじって時間を稼ぎ、課長がきつねうどんを食べ終わって離席するのを待つのが得策かもしれない。ただそれだと生春巻きの皮が乾いてくっつき、ちょっときれいに食べられないかも——。

「なぁ、松久くん」

「——は、はい！」

もうすでに半分以上きつねうどんを食べてしまった吉川課長が、不意に話しかけてきた。こっちはまだ、サテをひとくちしか食べていないというのに。

「先月の健診。あれ、正しいの？」

「正しい……というのは」

課長は健康意識が高いので、つゆを飲まないのは当たり前。しかし最後まできつねを一枚残しておくという、どうでもいいことが今日初めて分かった。

「なんか、納得いかないんだよね」

一瞬、健診結果の封筒詰めを間違ったのかもしれないと、電気が背中を駆け下りて行った。勢い、膀胱も一気に縮み始めている。

「……どういうことでしょうか」

クリニック課が法律上は医療機関だとはいえ、健診結果は個人情報。医師であり産業医も兼ねている先生以外は、名前ではなく「通し番号」で健診結果を取り扱った。まさか、そこで取り違えがあったのではないか――しかし念のために読み上げでダブルチェックをお願いしたので、その可能性はかなり低いはずだ。

「あれはクリニック課の、なんだっけ……あの、新しく来た森くんが診断したの?」

「や、診断っていうか……今年もいつもの健診業者さんにお願いしたので、先生は返ってきた結果を評価された上で」

「じゃあ、あの数値は間違いないってこと?」

「数値は健診の時に採血したものなので、間違いないです」

「あ、そう……」

不満そうな声でつぶやくと、残しておいたきつねを食べきってしまった。こっちは生春巻きの皮がどんどん乾いているというのに、不公平なものだ。早く席を立って欲しいので「何か問題でもあったんですか？」とは聞かないことにしよう。やはり「見ざる、聞かざる、言わざる」が性に合っている。

「いやぁ、どうもおかしいんだよね――」

それなのにお帰りにならない。

悔しいのでひとくちだけサテをかじって、食べながらは話せませんとアピールした。

「――食事には若い頃からずっと気を使ってるし、酒もタバコもやらない。そりゃあスポーツや運動はしていないけど、今年も腹囲だってBMI（体格指数）だって問題なかったのに」

健康だけが課長の自慢でありプライドであることは、総務課なら誰でも知っていることだった。病欠も早退も見たことがなかったし、驚くことにインフルエンザや新型感染症にも、知る限りでは一度も罹（かか）ったことがない。毎年の健診もオールAであることが自慢で、この時期はやたらと部署内で健診結果を聞いて回る姿が季節を感じさせるほど恒例だった。

なんということだろう、すっかり忘れていた。

だから今、総務課のみんなは課長から距離を置いているのだ。

「急に肝機能の数値が上がるのは、何かおかしいと思うんだよ。計測方法を間違えたとか、誰か他の人と取り違えたとか」

「あの……私はちょっと、そういう医学的なことは」

「え？　医療事務だから、森くんとはそういう話をするんじゃないの？」

これは、よく勘違いされることだ。

医療事務だからといって、クリニックの受付だからといって、診療報酬請求（レセプト）を提出しているからといって、どんどん医学的知識が増えていくわけではない。

もちろん先生や眞田さんは、心身症状や予期不安や認知行動療法など、知らなかったことをたくさん教えてくれる。でもクリニック課は医学部ではないので、会話に挙がらない限り内科疾患や肝機能障害について知ることはないし、教えてもらったところで理解できるとも思えない。

「課長は、その……かかりつけのお医者さんとかは」

「ないない。だってずっと健康だったし、うちは家族全員が大病知らずだからね」

ということは、健診結果の封筒振り分けは「（4）かかりつけ医のない者はクリニック課に【健診相談窓口】を開設して管理と治療を行う」だったはず。

「じゃあ、森先生に相談されてみてはどうですかね」

「……森くんに？」

「ええ、森課長に」

ちょっと、イラッとしてしまった。

森先生は医師で、クリニック課の課長だ。自分より年下の三十六歳で、自分より後に入社して課長になったことがどんなに気に入らなくても、敬称は正しく付けるべきだろう。

「相談って、クリニック課の【健診相談窓口】ってヤツだろ？」

「ええ」

この歳になって、ようやく気づいた。ここで口に物を入れてしまえば、不毛な会話につき合わなくて済むのだ。すでにパサついてピーナッツのカケラがポロポロ落ち始めたサテを、続けて頬張ってみた。そしていつものように、しっかりと嚙むことにする。

でも乾く前に食べられていたらもっと美味しかったのかと思うと、悔しくてならない。

「【健診相談窓口】ねぇ……それで健康になれたら、苦労しない気がするけど」

飲み込んだら——次は生春巻きに手を伸ばしたいけど、崩さないよう慎重にタレをつけなければならない。それに食べる時も、口の端からボロボロこぼさないようにしなければならない。そんな隙を与えると、課長は次々と話を振ってくるだろう。

よし、もう一度サテだ。そしてまた、ゆっくりしっかり嚙む。襲ってくる膀胱刺激にも、今日は負けられないという決意すら湧いてきた。

「じゃあ、松久くん——」

話し足りなそうな顔で、吉川課長はトレーを持って席を立った。もちろんこちらは口に物が入っているので、残念だけど返事はできない。

「——私はお先に」

勝った。なんと入社八年目を前にして、社内対人戦で驚くべき初勝利を挙げたのだ。

しかもその相手は、目上で元上司の吉川課長。そもそも草食動物が戦いに挑んだこと自体、自分でも信じられない。

ごくっとサテを飲み込むと、ちょっとした高揚感に包まれた。

「これが、成長ってやつかな……」

課長の背中を見送りながら食べる、大将謹製のベトナム風生春巻きの美味しいこと。

でもその皮が乾いて隣同士がくっつき、剝(は)がす時に破れて具がボロボロこぼれる前に食べられたらもっと美味しかったのかと思うと、完全勝利と言うにはほど遠いものだった。

▽　▽　▽

そんな社食の戦いから、二日後。

臨時診療枠に設定された【健診相談窓口】の順番を、待合のソファーに座った吉川課長が渋い顔で待っていた。

「珍しいな、吉川。ついに健康オタクのおまえも、引っかかるようになったか」

しかもたまたま診察を終わって帰り支度をしていた生産管理部の松崎(まつざき)さんと、運悪く鉢合わせてしまった。

「ん？　いやいや、数字だけだよ。体は、いたってピンピンしてる」

「みんな最初は、そう言うよな。けど結局オレらはもう、アレなんだって」

「なんだよ……アレって」

「歳だよ、歳。なにやっても、体にガタがくるんだって。じゃ、またな」

「おい。おまえは、何で引っかかったんだ？　どこが悪かったんだ？」

「オレ？　胸のレントゲンが毎年要精査だったんだけど、別に症状もないから今まで放っておいたんだわ。したら森先生に、真顔で淡々と永遠に説教されそうになったから」

「おまえ、なにやってんだよ。どうするんだ、その……大変な病気だったら」

言葉を濁しているけど、吉川課長には松崎さんの行動が信じられないようだった。

「けど、タバコもやめて三年経つしさ。息苦しいとか、咳が出るワケでもなかったし」

「そんなのは、手後れになってからの症状だろう」

吉川課長とは対照的に、松崎さんは健康に関してかなり無頓着な人らしい。

「いやぁ。クリニック課は初めてだけど、いいなこれ。検査目的で他の病院に紹介状も書いてくれるし、それを含めた健診結果を丁寧に説明してくれるし」

「……で？　どうだった？　何だったんだ？」

「CTの検査したら、癌じゃないってよ。保険料、上がらずに済んで良かったわ」

保険料の問題ではないと思うけど、松崎さんは満足そうにクリニック課を出て行った。

先生が言うには、四十歳を過ぎた頃から体の様々なシステムが変化し始めるらしい。いわゆる身体的な加齢変化――厳しい表現をするなら「劣化」が始まるという。だから今までは考えなくてもよかった疾患が疑いの上位に挙がってくるし、内科では「五十歳を過ぎると癌年齢」だと積極的に健診を促し、早期発見の重要性を訴える先生も多いらしい。

働き盛りは、壊れ始め。

もしかすると五十歳はすでに働き盛りではなく、メンテナンス盛りではないだろうか。

「お待たせしました。吉川さん、診察室にどうぞ」

相変わらずマイクを使わず、顔を出して患者さんを呼び入れる先生。

それなのに診察室に向かう吉川課長からは、ため息と共に心の声が漏れていた。

「……なんで私が、こんな」

そんなに顔をしかめるほど、健診に引っかかったことが信じられないのだろうか。

それとも、先生に診てもらうことが不満なのだろうか。

もしそうなら、紹介状を書いてもらって他の病院を受診すればいい。ただしその紹介状も、普通の病院なら「診療情報提供料」として２５００円、三割負担なら７５０円かかる。セカンドオピニオンのための紹介状なら５０００円となり、三割負担なら１５００円だ。

それをクリニック課では福利厚生として、さらに半額にしていた。それでも納得しない先生は「クリニック課で管理できないことを理由に、患者さんの負担を増やすわけにはいかない」と、紹介状はまったく加算なしで書いているのだ。

できればそんな先生の見えない善意を、前面に押し出して恩に着せたい。

「なんだかなぁ……」

モヤモヤした頭で予約患者さんの確認をしていると、珍しく外線の電話が鳴った。

通常は代表電話から内線で取り次ぎになるのだけど、医薬品の発注や業者さんとのやり取りが頻繁にある。そもそも登録上は「医療機関」なので、クリニック課はライトク所有の固定電話番号を分けてもらっていた。

「はい、株式会社ライトク総務部クリニック課、受付担当の松久です」

『すみません……ちょっと、お伺いしたいことがあるのですが……』

最初に社名と名前を告げなかったこの女性が、業者さんである可能性は低いだろう。

「どういったご用件でしょうか？」

どうやって知ったのやら、ごく希にライトク社員以外の一般の人から「受診したい」と電話で問い合わせが入ることがある。一度は取引先の方だったので、社保での診療を引き受けたことがあるものの、それ以外は申し訳ないけどお断りしている。そのうち「向こう三軒両隣のご近所さん」から受診の問い合わせ電話がかかるようになったらどうするか、先生や眞田さんと話していたところだった。

『……今日、吉川はそちらを受診しましたでしょうか』

はい？　と声に出る前に、なんとか飲み込んだ。

そして総務課時代のマニュアルが、ぐるぐるっと頭の中を駆け巡る。

失礼なく、淀みなく、流れるように決まった手順で会話を続けなければならない。総務課時代、電話対応の基本は「言葉に詰まったら負け」だと思っていた。

「お問い合わせ、ありがとうございます。お名前を頂戴してよろしいでしょうか」

ちょっと今のやり取りには相応しくないけど、ここはマニュアル通りで勘弁して欲しい。

『あ、失礼しました。わたくし、吉川の妻ですけれども』

「奥様……ですか？」

マズい、言葉に詰まった。そのフローチャートは、マニュアルには載っていない。

あれは、何年前だっただろう。妻だと名乗る電話をそのまま取り次いだら係争中の浮気相手で、身元確認を怠ったとやたら怒られたことを思い出した。

そうならないよう、今すぐ取り出せる会話の手持ちカードは――。

「申し訳ありませんが、どちらの吉川様でしょうか」

『総務課で課長をしております、吉川輝昭の妻です』

落ち着け、松久奏己。確かあの時、臨時で追加されたレアケースの確認項目は――。

「ご、ご主人の生年月日と……お電話番号を、確認させていただいてよろしいですか？」

『はい――』

受話器を肩に乗せ、慌てて吉川課長のカルテ表紙画面に切り替えた。その流れるように告げられる生年月日と電話番号を照らし合わせても、間違いはない。

残念だけど、どうやら第一段階は通過されてしまったようだ。

「ありがとうございます。では、ご住所もお願いします」

『東京都江戸川区――』

困ったことに、第二段階も突破されてしまった。これでは「大変申し訳ありませんが」の定型お断りフローチャートに入ることはできない。

そんな時は、上長に――と振り返っても、先生は今まさにその吉川課長の診察中。幸い他の患者さんはいないけど、その代わり最後の切り札である眞田さんもいない。するとここからは自分の判断で、吉川課長の奥さんだと仮定して話を続けるしかないということ。

トイレに行っておけば良かったと後悔しても、時すでに遅しだ。

「受診は、ちょうど今されていますので……診察が終わりましたら、お電話があったことをお伝えいたしますけど……」

『いえいえ。ちゃんと受診してくれているなら、それでいいんです』

「あ、そうですか？」

その瞬間、肩の荷がごっそり落ちた。まさか本当に受診したかどうかだけの、確認電話だったとは――と安心したのも束の間、それはすぐに疑問へと切り替わった。

子どもがひとりで塾に行けたかどうかでもあるまいし、なぜわざわざ電話をかけてくる必要があったのだろうか。そもそも吉川課長のスマホに電話すればいいだけの話なのに、と考えると嫌な予感がした。

『実は今回の健診結果に関して、できれば先生の方からも、うちの主人に言っていただけないかと思いまして――』

「えっと……それは、どのような……」

これは間違いなく、厄介(やっかい)な内容だろう。インパラ・センサーはまだまだ鈍っていないようで、ひと安心。だけどこの電話は、できる限り速やかに終わらせた方が良さそうだ。

『――これをきっかけに、過剰な健康志向は無意味だから止めるべきだと』

どう受け取ればいいか分からないし、どう返せばいいかも分からなかった。

早く診察が終わらないものかと吉川課長のカルテに目を戻すと、腹部超音波(エコー)の検査にチェックが付いている。

肝機能検査で数値が高かった人に対して、先生はだいたいこの検査を追加する。超音波検査・胸腹部は530点、つまり5300円――社保三割負担でも1590円だけど、ウチはその半分の795円。あの特殊技能が約800円で受けられるのなら、これこそ福利厚生と胸を張って言えるだろう。

ダメだ、思考が目の前の問題から逃げている。ここは申し訳ないけど、先生に丸投げさせていただくことにしよう。

「し、承知いたしました。ではその旨のご連絡があったことを、森先生に――」

その時、診察ブースのドアが開いて吉川課長が出てきた。

「――あ。今ちょうど診察が終わって、吉川課長も出てこられましたので」

『えっ⁉ あ、お忙しいところ、すみませんでした！ 失礼します！』

結局、吉川課長の奥さんが何を言いたかったのかサッパリ分からないまま、電話は慌てて切られてしまった。この雰囲気だと、奥さんからの電話については吉川課長に伝えない方がいい。インパラ・センサーは、そう囁いていた。

「いくら？」

診察ブースから出てくるや否や、課長は受付にやってきて財布を取り出した。

「はい……？」

「お会計」

診療報酬の処理が、リターンキーひとつで終わるとでも思っているのだろうか。その顔は明らかに、診察を受ける前よりもふて腐れている。いったい診察中に、先生とどんなやり取りがあったのやら。

「し、少々お待ちください」

慌てながらもミスのないように会計処理をしていると、吉川課長のあとを追うように、珍しくカルテも書き終わらないうちに先生が診察ブースから出てきた。

「吉川さん。納得がいかないようでしたら、何度でもご説明いたしますが」

「いや、大丈夫。まぁ、センセーの言う通りなんでしょうよ」

その言い方には、明らかに棘があった。

「では、せっかく健診で早期発見できたのですから」

「だから……薬を飲むのは、ちょっとまだ……アレだと言ったでしょう」

しかしその棘は急に取れてしまい、語気もすぐに勢いを失っていった。

そこに何を見出したのか、先生もそれ以上は押さないことにしたらしい。

「分かりました。できれば三ヶ月後にもう一度採血をさせていただき、その結果も合わせて今後の方針をお考えいただければと思うのですが……いかがでしょうか」

吉川課長は無言のままお会計を済ませ、それには答えずクリニック課を後にした。

その後ろ姿を見送りながら、先生は軽くため息をついている。

さて。この状況で、どうやって電話のことを切り出せばよいものやら。かといってこんな感じで出て行った課長の奥さんからの、いかにもワケありっぽい電話なのだ。報告しないのはあり得ないし、そもそも奥さんからも「伝えてくれ」と頼まれている。

「あの、先生……実はさっき、吉川課長の奥さんから電話がありまして」

「……奥さん？　ここに？　なぜ？」

「それが——」

うまくまとめようがないので、ありのままを伝えるしかない。

「そうか、過剰な健康志向は無意味か。なるほど、それで」

ドサッとイスに腰を下ろすと、先生は少し疲れたように髪をかき上げた。

お昼の洗面台ハミガキ女性社員たちから、いまだに先生の写真を撮ってくれと頼まれるのだけど、こういう姿を見るとちょっとその気持ちが分からないでもない。

「吉川さんは酒も飲まずタバコも吸わず、食生活にも若い頃から過剰とも言えるほど気を使ってこられたそうだ」

「えっ⁉　あ、はい……そうらしい、です」

危ない。気づけばいつの間にか、意識が会話の向こう側に飛んでしまっていた。

「ん？　それは、有名な話なのだろうか」

「総務課では『健康マニア』として有名でしたから」

「マニア？　趣味の域を超えてそうだな」

そう言って先生は、コーヒーを淹れ始めた。

「飲む？」

「いえ……私は、いいです」

何かとすぐにコーヒーを手にする先生と眞田さんと同じペースで飲んでいると、いくら牛乳多めとはいえ、お腹に負担がかかることに最近ようやく気づいたのだった。

「じゃあ、紅茶は？」

「えっ？　そんなの、買い置きしてましたっけ？」

「コーヒーばかりというのも、どうかと思い」

いつの間に、紅茶のパックを買ってくれていたのだろうか。カップのお湯の中でちゃぷちゃぷと揺らし、ちょうどいい濃さで手渡してくれた。

「す、すいません」

「牛乳は？」

「あ、紅茶は大丈夫です」

こういう「特別扱いされた感」をナチュラルにまき散らして、よくも今まで痴情のもつれや刃傷沙汰を生まずに済んだものだと感心してしまう。

いや。話に出ないだけで、なかったわけではないのかもしれない。

「今回の健診で増加した肝機能の指標は微々たるもので、吉川さんはそれよりむしろ脂質異常症の方が問題だった」

「脂質……？」

「あるいは、高脂血症（こうしけっしょう）。俗に言う『悪玉コレステロール』とか『中性脂肪』とか、そういった項目が上昇する生活習慣病の一種だ」

「あ。それなら、聞いたことがありますけど……あの吉川課長がですか」

健診結果が返ってくると、恒例のようにＢＭＩと腹囲の自慢を始めていた吉川課長。もはや部署内で唯一の話題は「健康だけ」ではないかとさえ言われながらも、ずいぶん誇らしげで満足そうな顔は記憶に新しい。運動やスポーツの話題こそ聞いたことはなかったけど、なぜあれほど食生活や健康に気を使っていたのに生活習慣病になってしまったのか。吉川課長が納得できない気持ちも、少しだけ分かるような気がしてきた。

「念のために肝臓の超音波検査をさせてもらったのだが、やはり予想通り『軽度の脂肪肝』も認められた」

「え、それって……」

「脂肪肝といえばひと昔前なら、まず『飲酒』と『食生活』が原因に挙げられていた。しかし近年では、酒の飲み過ぎによる脂肪肝――つまりアルコール性脂肪肝ではなく、酒を飲まなくても発症する『非アルコール性脂肪肝』が注目されている」

「でも課長は、食事にもかなり気を使われてましたけど」

「その原因には生活習慣の乱れやストレス、運動不足など、メタボリックシンドロームと似たものが挙げられている。油物をたくさん食べなくても、適正なＢＭＩを維持していても、発症する者は決して少なくない」

「そうなんですか!? じゃあ、吉川課長は」

「加齢だ」

その言葉は余計な含みを持たず、端的で残酷だった。

お酒を飲まなくても、油物を食べなくても、暴飲暴食しなくても、そんなことは関係なし。どれだけ食生活に気を使っていても、歳を取って他の条件が揃えば脂肪肝になってしまうとは――さすがに課長も、激しく憤(いきどお)ったことだろう。

「男性では四十歳代から有病率にピークが出始めることも分かってきたので、吉川さんはこれに当てはまっている。だから有酸素運動をするか、抗高脂血症薬の内服をするか……いずれにせよ引き続き、経過観察をさせて欲しかったのだが」

「じゃあ、今まで課長が食事に気を使ってきたことは……」

「これをやれば『誰でも必ず良くなる』『必ず予防できる』という最大公約数のようなものは、残念ながら予防医学には存在しない」

世の中には「絶対」などないことぐらい、知っているつもりだった。

それでも、吉川課長が可哀想に思えてならなかった。

「で、でも……食事には気を使った方が、いいんですよね?」

「もちろんそうだ。しかし過剰な健康志向は無意味だから止めるべきだと、医者からも言って欲しい——電話で奥さんは、そう言ったのだろう？」

先生はコーヒーをひとくち飲み、窓の外を見たままつぶやいた。

その視線には、やり場のない気持ちが含まれている気がする。

「吉川さんとご家族は、健康に対して同じ考えで向き合ってこられたのだろうか」

そこでようやく、いろいろな可能性が輪郭を持って繋がり始めた。

もしも吉川課長が今までずっと、独自の健康志向や食生活を奥さんや家族にまで強要していたとしたら——家庭と食卓は、どんな雰囲気になっていたのだろうか。

「どうにも吉川さんとのやり取りに違和感があったので、改めて問診を取ってみたのだが……あの過度な健康志向も致し方ないことではないかと、俺は思っている」

「問診……？」

「吉川さんは中学生と高校生の時に、相次いでご両親を病気で亡くしておられた」

ちょっと予想外に重い話で、言葉をどう返していいか分からない。

でも真実に近づくためには、やはり問診が重要なことだけは間違いなかった。

「それからは祖父母と親戚の家を転々としながら、アルバイトと奨学金で何とか進学して、今のライトクに就職されたそうだ」

「……そうだったんですか」

「あの食生活に対する——もっと言えば健康全般に対する頑なな姿勢は、それに起因する一種の強迫的な思考だったのかもしれない」

「じゃあ、健康マニアというより……」

「幼い頃に刷り込まれた病気や死への恐怖に抗う、唯一の方法だったのかもしれない」

吉川課長は、もう二度と家族を病気で失いたくなかった。そんな家族を大切に思っての健康志向だったけど、奥さんや家族にはそれが重すぎたということなのだ。

どこにも悪者がいないこの感じは、とても歯切れが悪いし、後味も悪い。

でも世の中はだいたい、こういうやりきれないことだらけだ。

「やはりなにごとも、大切なのはバランスだな」

コーヒーカップを置き、少しため息をついた先生。

その「バランス」という言葉に、理由もなくインパラ・センサーが反応した。

それが吉川課長だけに向けられたものとは、なぜか思えなかったのだ。

▽　▽　▽

健康診断は、結果の紙をもらって終わりではない。

クリニック課の【健診相談窓口】で見慣れた顔を見ながら、改めてそう思った。

「ちょっとぉ。松久さんからも、先生に言ってくれない？」

「や……それは」

おしゃべり好きで有名な総務課の高野さんが、トークモードに入ってしまった。その証拠に片肘を受付カウンターに置いて体重をかけ、ぐっと身を乗り出している。

「あたしだとさー、何回言っても『不要です』『正常上限です』の繰り返しなんだよね」

別に先生の声真似はしなくていいと思うけど、わりと特徴をつかむのが上手いので、文句を言いたいのか笑わせたいのか分からなくて困る。

「でも、あれですよね？　先生は、今のままでもいいって」

「だって、BMI＝25だったんだよ？　ほら。見てよ、ここ。『軽度肥満（1）』って書いてあるじゃない。それに、ここ。高脂血症だって――」

「た、高野さん……ここで結果を広げなくても」

「――大丈夫、大丈夫。誰もいないし、見られたって恥ずかしい歳じゃないから」

「いや、歳は関係ないですって」

高野さんは、森先生の大ファン。でも今回は珍しく健診の評価に対してご不満らしく、診察が終わった後も帰ろうとしない。幸い午前の最後だったので他の患者さんがいないとはいえ、受付のテーブルで「肥満」や「高脂血症」を連呼するのはどうだろうか。

「ねぇねぇ。なんであたしは『ダイエットしちゃダメ』なワケ？」

「……あれですよ。ダメなんじゃなくて、する必要がないっていうか」

「なんで？　ＢＭＩの基準値は、22って書いてあるじゃん」

先生がライトクに来て、まだ間もない頃――全身を目視でボディ・スキャンされた挙げ句、一瞬でＢＭＩを言い当てられたことがあった。あの時は21だったのだけど、やはり「決してダイエットなどしないように」と強く言われたことを憶えている。

今回の健診結果を封筒詰め作業する合間に、そのことを思い出したので聞いてみたのだけど、どうやらＢＭＩの基準値＝標準体重を「ぴったり22」とするのは、現代の社会事情には合わないらしい。だから幅を持たせ、その上限が25に設定されているのだという。

もちろん先生は、スポーツや有酸素運動をすることには賛成らしい。でも上限付近の人が「食事ダイエット」をすることを、ある理由で好ましく思っていないことも分かった。

「これって、先生の受け売りなんですけどね。高野さんの言われるダイエットって、食事制限のことですよね？」

「そうよ？　誰でもまずは、それからやるでしょ」

「あれって気づかないうちに体調が悪くなったり、下手をすると『ボディ・イメージ』が崩れることもあるんですって」

「イメージ？　栄養素が足りなくなるのは、なんとなく想像がつくけど……なにその、ボディ・イメージっていうのは」

受け売りなので、間違わないように慎重に話さなければならない。クリニック課の医療従事者ではあるけど、医師や看護師ではないのだから。

「食べるということを『制限』しているうちはいいらしいんです。でもそれが行きすぎると、食べることを『罪』に感じるようになるんですって」

「いやいや。誰でも食べすぎたら、罪悪感ぐらい持つでしょ」

「だから……それが、行きすぎたらですよ」

「……どうなるの？」

高野さんのトーンが少し落ちてきたので、聞く耳を持ってくれた証拠だろう。

「食べたいけど、食べることは罪。それなのにやっぱり食べてしまって、後悔して、こんな罪を犯すのは自分の意志が弱いからだ。そもそも食事制限をしなければならなくなったのも、自分が弱いから——そんな【負のループ】に陥るらしいです」

「待って、待って。あたし、そこまでシリアスに考えてないってば」

「わからないですよ？　なんだかんだで高野さん、マジメじゃないですか」

「そう？　あたし、テキトー女だと思うけど」

「そんなことありませんよ。だって私の面倒、よくみてくださったじゃないですか」

「あれは……なんだか見てて、危なっかしかったからさー」

そう。おしゃべり好きで噂好きだけど、高野さんは基本的にマジメでいい人なのだ。

「特にそういう人は【負のループ】を繰り返しているうちに、どんどん『自分はダメな人間だ』って、自己評価が下がる一方になる可能性があるんですって」

「……なんか、話が大袈裟になってない？」

「大袈裟じゃないと思いますよ。先生がそう言ってましたから」

高野さんは先生を信じているので、そのまま黙ってしまった。

「そのうち自己評価を『上げる』唯一の方法が『痩せること』にすり替わってしまって、たとえBMIが21以下になっても、満足できなくなるかもしれないんですって。それが客観的な評価数値と自分が理想とする姿のズレた心理状態——さっき言った、ボディ・イメージが崩れた状態らしいですよ」

「ちょ——怖いこと言わないで」

ここまで間違った話をしていないか脳内で思い返していると、カルテを書き終わった先生がちょうどタイミング良く診察ブースから出てきてくれた。

「……ん？　高野さん、まだ何か心配なことでも？」

「ちょっと、先生。あたし、どうすればいいワケ？」

「エ……？」

何の話か察知しようと、慌てて視線を送ってきた先生。

今まで高野さんに話していたことが間違っていなかったか、急に自信がなくなってきた。

「あの……先生に教えていただいた、ボディ・イメージの崩れについて……」

なるほど、と納得してうなずいた先生。今の高野さんにボディ・イメージの崩れの話をすること自体は、どうやら間違いではなかったようだ。

「高野さん。さっきもお話ししましたけど、ＢＭＩ＝25というのは計測誤差も考えれば正常の上限――つまり、正常範囲内なんですから」

「でもあたし、高脂血症もあったワケじゃない？」

「中性脂肪の項目は、ちょっとした飲み食いでもすぐに変動します」

「でもあの日は朝起きてから健診まで、水分しか摂ってなかったのに……」

「その水分、ミルクティーやジュースではありませんか？」

「……え？　だって、水分は摂っていいんでしょ？」

「厳密にはダメですが、それでかまいません」

「どっちなの⁉」

珍しく先生が、優しい笑みを浮かべた。

「これから朝の通勤をするという時に糖分も入っていない『水分だけ』では、むしろ低血糖になって危険です。だから、それでかまいません」

「じゃあ、あの高脂血症っていうのは」

「中性脂肪に関してはある程度のバラつきが出るので、参考値と考えてもらえれば」

そこまで説明されて、高野さんは体裁悪そうに髪をかき上げた。

「じゃあ、やっぱりダイエットは」

「食事制限でむやみにカロリーの『入』を抑える前に、まずは『出』を増やしていただきたいと思います。スポーツは時間やご家庭の都合で難しいとしても、できる限り有酸素運動は増やしていただけないかと」

「それよ、それ。みんなすぐそう言うけど、運動なんて簡単にはさー」

高野さんが渋い顔をする気持ちは、よく分かる。

ひと駅手前で降りて歩けばいいという話は有名だけど、雨が降ったらそこで終わり。次の日から再開できる人は、かなり強い意志の持ち主だけだろう。そもそもふくらはぎや太ももがパンパンに張って、階段の上り下りもままならなくなるし、仕事にもならない。それでもひと駅手前で降りて歩き続けられる人が、どれほどいるだろうか。ましてや腰や膝に爆弾を抱えている人にとっては、その「ひと駅歩き」が危険行為でもある。

かといって最近よく見かけるゲームやグッズを使った室内フィットネスは、部屋が狭くてムリ。テーブルを向こうに寄せて、周りを片付けて――残念ながらCMで見るほど、手軽にできるスペースなど存在しないのが現実。家族で暮らしているなら、尚更だ。

ちなみにスポーツジムやプールに出かけるという選択肢は、個人的には幻想レベルで続かないものだと思っている。

そんな手詰まりになっていると、狙ったように入口のドアが勢いよくバーンと開いた。

「こんにちは！　悩めるアナタのパートナー、薬剤師の眞田です！」

「あら。どうしたの、眞田くん。あたし今日、お薬ないけど」

おそらく、監視カメラとリンクしたモニターで見ていたのだろう。最後の患者さんである高野さんに処方が出なかったので、チャンスとばかりに戻って来たのだ。

「ショーマ、ちょうどいい。何か室内で使用可能な、有酸素運動グッズを知らないか」

「あります、あります。だと思いましたよ、ちょっと待ってくださいね――」

やはりこのテンションの高さ、何かオススメがあるに違いない。

「――高野さーん。これなんか、どうっスかね」

そう言って家電っぽい画面が映ったタブレットを、受付のテーブルに乗せて見せた。

「えーっ。これ、フィットネス・バイクじゃない？」

「だって、高野さん。健康ステップみたいな足踏みする系、たぶん今までに買ったことあるんじゃないですか？」

「ぐっ……」

チラッとこちらにも視線を送ってきた眞田さんには、お見通しということだろうか。

あれは部屋にあっても邪魔になるし、粗大ゴミで捨てる時も意外に大変なのだ。

「脂肪燃焼に大事なのは、心拍数をキープすることなんスよ。ね、リュウさん」

「ん？　まぁ、そうだな」

先生は、すっかり眞田さんにお任せらしい。

「その点、このアルインコ製の『コンフォートバイクII』は心拍数機能付き。ペダル負荷は8段階ですが、トレーニングからダイエットまで、プロのトレーナーさんが試してみてのお墨付きです。しかも背もたれが付いているので、通常の自転車姿勢だけでなく、もたれてラクチン姿勢でも漕げますよ」

「そ、そうなの？」

「あとサイドストッパーも付いているので、ペダルを漕ぎながらスマホやタブレットを見られるのが、ポイント高いですよね」

「……どれ？　これ？」

食い入るように、タブレット画面を見る高野さん。相変わらず眞田さんの説明は、聞いているだけで欲しくなってくるから困る。

ただ他の商品と違い、フィットネス・バイクには高いハードルがある。

「でも、置く場所がねぇ……」

そう。なんだかんだ言っても、庶民の家屋は狭いのだ。

「これ、折りたためるんです」

「えっ!?」

思わず、高野さんと声が揃ってしまった。

「全長が117センチから、63センチになるんスよ」

「いくらなの？」

「実売だと、三万円でお釣りがきます」

そこで物欲熱が、スーンと冷める音が聞こえた気がした。

いくら折りたためるとはいえ、大物に違いはない。しかもエクササイズという単一機能しかないということが、三万円のハードルをさらに高くしている。これでもし洗濯物乾燥機能や炊飯機能でも付いていれば、それを理由に買えるのだけど。

「……ねぇ、先生。あたしやっぱり、食事ダイエットしちゃダメ？」

「いや、絶対ダメではないのですが……その、適切な食事内容でないと、アレなワケで」

意気消沈した高野さんにそう言われて、なぜか先生は困惑していた。

高野さんはきちんと指示に従う、いわゆるコンプライアンスの良い患者さん。食事制限ではなく食事指導を、先生がしてあげることはできないだろうか。

「あー、高野さん。リュウさんは、アレなんですよ――」

残念そうにタブレットを片付けながら、眞田さんが理由を説明してくれた。

「――味覚の偏りが酷くて、自分自身が偏食なんです」

「えっ！　そうなの⁉」

あれだけ料理上手なのに偏食だとは、にわかには信じがたい。

でも思い出してみれば、確か先生は空腹もノドの渇きも感じなかったはず。それを「高次脳機能の偏り」と呼んでいた。もしかすると偏食も、その一部なのだろうか。

「ですね。カロリーメイト四本で400kcal、森永INゼリー二個で360kcal、あわせて760kcal。これを一日三回、一週間繰り返しても平気ですから」

だとしたら以前作ってもらった料理は自分基準で決めたレシピではなく、眞田さんや誰か「他の人」を基準として決めた味付けで、自分は別に好きなワケではない。そんなことがあり得るのか——先生なら、それも十分あり得ると思ってしまうあたりが恐ろしい。

「ちょっと、ちょっと。先生の方が指導を受けないと、ダメなんじゃないの？」

「……大変お恥ずかしい」

そんな話を聞いていると、不意にある人の顔が思い浮かんだ。

「あ、そういえば——」

「ん？　マツさんが、食事指導を？」

「——とんでもないです。そうじゃなく、社食に管理栄養士さんがおられましたよね」

「それは……まぁ、そうなんだが」

栄養指導と言えば、栄養士さん。しかもあの人は大将の話だと、国家資格を持つ管理栄養士さんだったはずだ。

「なんでよ、リュウさん。何が問題なの」

「部署違いも甚だしい方に、食事指導箋を出してお願いすることはできない」

「けどさー。管理栄養士さんの食事指導ほど、確かなものはないっしょ」

「栄養指導を必要とする人は、かなりいるんだぞ？」

「……あー、たしかにね」

健診といえばメタボリックシンドローム、メタボといえば食事や運動などの生活指導といえるほど、切っても切り離せない関係のものだ。

「じゃあ、オレらみんなで勉強させてもらえば良くない？　もちろん、講師料を払って」

この切り替えの早さが、とても眞田さんらしい。

「なるほど、招待講師か。時には、俺が相談させてもらう形を取らせてもらえれば」

「ちゃんとお金、払いなよ？」

「当たり前だ。人の時間はお金だぞ」

みんなが納得する中、当事者である高野さんだけがキョロキョロして戸惑っていた。

「え？　あたしは、どうすればいいの？」

「そうですね。高野さんは我々のゲストということで、無料で」

「なんだ、先生。やっぱり食事ダイエット、やってもいいんじゃないの」

「いえ。食事指導です」

そんな感じで【健診相談窓口】業務は、健診ではどうしても避けて通れない食事指導という壁を、管理栄養士さんの力を借りて乗り越えることになったのだった。

▽ ▽ ▽

社食が完全に閉じられるのは、午後四時を過ぎてから。

相変わらず三ツ葉社長から不意打ちのように、商談相手を連れてくるといつ連絡があるか分からないせいで、大将はこの時間でも仕込みをしながら臨戦態勢で残っているという。

「すみません、関根（せきね）さん。本日は、無理なお願いをきいていただき」

入口に自社製の黄色いベルトパーティションで「ＣＬＯＳＥＤ」が掛けられ、静まりかえった社食は、ちょっとした異空間。そんな中、今日は管理栄養士の関根さんから栄養指導について教えてもらえることになったのだ。

「とんでもないです、森先生。あたしの方こそ、いつもお世話になってて」

社食のテーブルを挟んで、向こう側に講師の関根さん。こちら側には高野さんとクリニック課が受講生として並んでいる。

そんな関根さんのキャリアは異質だと、前に大将がヒマな時に教えてくれたことがある。

超ブラックな会社の営業をやっておられたらしいのだけど、いわゆる心身症としてのじんま疹（しん）が働けないほど酷く出るようになってしまった。そこで悩んだ挙げ句に会社を辞め、一念発起してバイトをしながら栄養士を目指して専門学校に入学された。それだけでもすごいのに、なんとそれが二十八歳の時。これには大将も、かなり驚いたようだった。その後、三十三歳で管理栄養士の国家資格まで取得。大きな病院に再就職していよいよ本格的に「第二の人生」をスタートさせた時、運悪く例の新型ウイルス感染症の世界的流行が発生し、過労と心労で人生二度目のダウン。これ以上どうしていいか分からなくなっていたところを、知り合いだった大将が先生と社長に紹介したのだという。

「最近、受診される機会がずいぶん減りましたね。じんま疹はどうですか？」

「ぜんぜん平気です」

細身で小柄で、一見すると生物的には「弱」の部類に入るのではないだろうか。でも笑顔で答える関根さんは、正直とてもアラフォーには見えない。たぶん人としての目の輝きが違うからだと、インパラ・センサーは検知していた。

「それは良かった。日常生活に、不必要な負荷がない証拠ですね」

「先生と大将のおかげです」

あるいは充実した生活を送っていると、老け込むヒマがないのかもしれない。

「いえ。今ではこうして関根さんのお世話になっているのですから、お互い様ですよ」

それを聞いて恥ずかしそうにしている関根さんに、眞田さんが何かを差し出した。

「関根さん。よかったら、これどうぞ」

「え……？」

「うちの棚にある、ビタミンB系のサプリです。今日のお礼に」

「や、あの……先生から、十分すぎるぐらい講師料をいただいてますので……」

「いいじゃないスか。オレら『じんま疹連合会』なんですから」

眞田さんの「笑顔圧」を押し戻せる人は、それほど多くないだろう。

「ヤだ、松久さん。肝心のあたしが、何も用意してないんだけど」

「いえいえ。高野さんは患者さんだから、いいんですよ？」

そんな動揺する高野さんに、関根さんは笑顔を向けた。

「初めまして、高野さん。社食で管理栄養士をさせていただいております、関根です」

「総務課の高野です。いつも美味しいお昼で、お世話になってます」

「ふふっ。あれは、大将の腕がいいからですよ」

そんな和やかな雰囲気で始まった、第一回食事指導講習会。

関根さんはいきなり、とんでもないことを口にした。


「まず食事制限やダイエットの超入門編は『好きな物は食べる』ことです——」

それはあまりにも想定の範囲外だったので、みんな唖然(あぜん)としていた。

その中でも一番驚いていたのは、もちろん先生だ。

「いや、関根さん……それは、その……どういった原理で……」

「——ただし『好きなだけ』は食べられません」

「……エ？」

先生がサッパリなのだから、誰も理解できなくて当然だ。

「森先生のおっしゃる通り、現状では高野さんのＢＭＩは正常上限と考えて問題ないと、あたしも思います——」

説明になると、関根さんの表情が一瞬で引き締まった。

このあたり、先生が一瞬で「ドクター顔」になるのと似ている気がする。

「——このような軽度肥満の方や、食事指導が初めての方、あるいは食事ダイエットに失敗したことのある方に対して『正論』や『王道』を提示しても長続きせず、諦めと挫折感だけが積もって失敗に終わることが圧倒的に多いです」

確かにダイエットの失敗は、己の弱さを突きつけられたようで辛い。

「しかし、関根さん。好きな物を食べる、というのは……」

「ガマンはストレスの引き金になり、ストレスはダイエットや食事制限の失敗につながります」

「……それで、どうやって？」

「高野さんの身体活動レベルを『I（低い）』だと仮定すると、24時間での『推定エネルギー必要量』は1740kcalだということが、日本医師会のホームページからクリックひとつで容易に算出できます」

関根さんはタブレットを取り出し、サイトで実際に数値を入れて見せた。

「ん……？　ということは……」

それを見た先生は、すでに関根さんの意図に気づき始めているようだ。

「つまり、一日24時間で約1800kcalを超えなければ『好きな物を食べていい』という意味です。食べたい物も食べられず、お腹も空いてイライラするぐらいなら、一日四回でも五回でも食べていいです」

「五回⁉」

思わず声が出たのは、高野さんだった。

これは今まで聞いたこともない、信じられないダイエット方法。なにせ好きな物は食べてもいいし、一日三食以上食べてもいいという。

本当にこれで、食事指導になるのだろうか。

「なるほど。朝、昼、夕、夜食で、それぞれ平均的に450kcalずつ、4回食べてもいい——そういうことですか、関根さん」

満面の笑みを浮かべて、関根さんが大きくうなずいた。

「そうです。極端なことを言えば、朝食に200、昼食に400、夕食に1000、夜食に200kcal食べてもいいんです」

「まずは一日の総摂取カロリーを、推定エネルギー必要量内に収めることから始めると」

「ですね。とりあえず1800kcalだけ守ればいい、今はお腹が減っているけど、あと一回、何時に、何kcal食べられるっていう心の余裕――それがあるだけで、食事指導のコンプライアンスや継続率が、ずいぶん上がってくるんです」

「すごいな……」

「高野さんのような、BMIが正常上限付近の方の場合。栄養素や栄養バランスのお話は、まず一日摂取カロリーを適切な範囲に収めてから始めても遅くないと思っています。継続できない理想に、意味はないですからね」

――継続できない理想に、意味はない。

めちゃくちゃカッコいいなと感動していると、なぜか前のめりに挙手した高野さんが関根さんに発言を求めた。

「はい、はい！ 質問です！」

「高野さん。どうぞ、遠慮なく」

「あたし、カントリーマアムが大好きなんです。あれを夜中に食べてもいいんですか？」

タブレットで素早く何かを調べて、関根さんは高野さんに笑顔を返した。もしかすると関根さんが若く見えるのは、その笑顔に理由があるのかもしれない。そして笑顔は、明らかに社会の潤滑油だと思った。

「クッキーですよね？　一枚50ｋｃａｌみたいなので、夜食に２００ｋｃａｌ食べられる余裕を作っておけば、四枚食べてもいいですよ」

「うっそ！　信じらんない！」

「その代わり面倒でも、食べた物のカロリーは必ず調べて記載してくださいね。家計簿を付けないと、気づけば染み出すように赤字になっていることと同じだと思って」

そっちの言葉の方に、胸をえぐられてしまった。

家計簿アプリを何度ダウンロードしても、三ヶ月以上続いたことがない。

「なんかそんな記録ができるダイエットアプリ、あったような気がする――」

すっかりその気になった高野さんを見ながら、先生は関根さんに感心していた。

「関根さんは、もの凄い手練れの管理栄養士さんだったんですね」

手練れ以外に、もっといい表現は思いつかなかったのだろうか。

「……ただの経験です。好きな食べ物を排除して、体に良いものや必要なものだけを食べたとしても、人の精神は健全ではいられないじゃないですか。最初からそんな正論だけで進められたとしても、結局そのストレスで逆に過食になった人も何人かおられて……それなら食事指導なんてするんじゃなかったって、何度も後悔しましたので」

「ある意味『心も健康でいられるダイエット』ですね。大変、勉強になりました」

「やめてくださいよ、そんな大袈裟なものじゃないですから」

実際に関根さんのダイエット方法は、発想の角度が違うと思う。先生の言うように、心も健康でいられるということにも大賛成だ。

そして何事も「こうでなければダメ」というのは、良くないものだと痛感した。

これもひとつの、バランスの取り方ではないだろうか。

【第二話】凹凸と異質

年に一回の会社健康診断が終わって、約一ヶ月。

ようやく【健診相談窓口】への受診も落ち着いてきた。

午後五時を直前にして駆け込む患者さんもいないようなので、今日はこれで終了のはず。

定時で締めの作業が始められるのは、何週間ぶりだろうか。

「最後の高野さんは、今日で二度目だし……たぶんお話だけで、お薬はナシかな」

先生が作った【健診相談窓口】を受診した患者さんのリストを、こうして眺めてみると。

会社健診というものが今までいかになおざりだったか、あらためてよく分かる。

今回の健診受診者は、クリニック課の３名を除いて３６３名。

このうち「異常なし」は、約55％の２００名だった。

それ以外の有所見者は、「要経過観察」が41名、「要再検査」「要精密検査」「要治療」が合わせて１２２名で、合計１６３名もいた。つまり社員全体の約45％は、健診後に何らかの病院受診が必要な人ということ。にもかかわらず、今まで健診結果を持って病院を受診してきたという話を、周りでほとんど聞いたことがなかった。

先生の話だと「がん」の項目で「要精密検査」になった人でも、健診後三ヶ月以内に医療機関を受診する人は50~60％しかいないという報告もあるという。

そもそも健診結果に関しての説明が、結果欄に数行書いてあるだけというのはどうだろうか。これでは実感も危機感もサッパリ湧かないので、忙しい毎日の中で時間を作ってまでわざわざ受診する気にはなれない――というのが、正直な気持ちだと思う。

それを知っている先生が今回「かかりつけ医のない者はクリニック課に【健診相談窓口】を開設して管理と治療を行う」と通知したところ、実に82名が受診を希望したのだ。

「えーっと……まだ、受診していない人は」

今さらながら先生は、とんでもないことを言い出したものだと思う。

健診結果の説明だけでなく、これから必要になる指導、検査、治療などの話もしなければならない。それで機械的に終われるはずもなく、患者さんからの「質問」や「不安」に応える必要もある。そうするとひとりあたりの平均診察時間は、特別診療枠とほぼ同じかそれ以上必要だということがわかった。しかも当然ながらこの82人以外にも、クリニック課を受診する人は必ず何人かいるのだ。

ひとりの診察時間が長いので、受付に矢継ぎ早に業務が押し寄せることはない。そして説明、指導、再検査が多く、いきなり処方になることも少ないので、薬局も意外にヒマ。

つまり超忙しいのは先生だけという、とても可哀想だけど仕方ない事態になっている。

「奏己さん、お疲れーっす」

午後五時を少しすぎた頃、早々に眞田さんが薬局から戻ってきた。

「あれ？　もう閉めたんですか？」

「だって最後は、高野さんの栄養指導っスよね」

「まぁ、処方は出そうにないですけど……」

「高野さんには絶対、処方よりもこっちの方が必要なんじゃないかと思いまして」

そう言って指さしたのは「ショーマ・ベストセレクション」の棚だった。

「痩せるサプリ、とかです？」

「またまた。そんなモン、あるワケないじゃないですか」

「……ですよね」

軽く流すように笑われてしまった。やはり「飲むだけで～」系のダイエットサプリは、お守り程度ということだろうか。

そんなことを話していると、見計らったように高野さんが診察ブースから出てきた。

「あっ、眞田くん！　ちょうどいいところに！」

その顔を見て、勝ち誇ったような笑顔を浮かべた眞田さん。どうやら読みは当たっていたようで、高野さんは受付に駆け寄って来ると、いきなりスマホのアプリを開いて見せた。

「ちょっと、これ見てよ。なんかビタミンEが足りない足りないって、毎日アプリの姉さんが言うんだけどさ――」

「ツナ缶やアーモンドなんて、そんなに毎日食べられないですよね」

「それよ、それ！　あと――」

「食べたら、わりとカロリーも取っちゃいますよね」

思わず高野さんと一緒に、眞田さんを見つめてしまった。

ついにコミュニケーション・モンスターは、思考スキャンまで可能になったのだろうか。

「……なんで分かったの？」

「食事ダイエットの、あるあるですよ。ついでに、ビタミンB群も摂りづらいです？」

どうやら高野さんの疑問は、すべて先読み可能なレベルのFAQ(あるある)らしい。

「え……それも、あるあるなの？　ねぇ、眞田くんって栄養士さんなの？」

「とんでもない。ドラッグストアで薬剤師をやってると、この手の話題はどうしても避けて通れないってだけですよ。ドラッグストアに栄養士さん、いないですからね」

「へー、そうなんだ」

「ビタミンB群が足りないなら、豚肉、レバー、魚介類……言うのは簡単ですけど、どれも食べるとカロリーか飽和脂肪酸がそこそこ高いですよね」

「そう、飽和脂肪酸ね。ホント、あいつだけは……」

にっこり笑った眞田さんが、カウンターに身を乗り出して高野さんとの距離を詰めた。

このタイミング、本当にコミュニケーション・モンスターだと心から思う。

「だから関根さんはこの前、とりあえず１８００ｋｃａｌだけ守ればいいって言ってくださったんですよ。あの栄養素が足りない、これを食べなきゃいけない——マジメな人ほど、そういうところから守ろうとするじゃないですか」

「だって、気にならない？」

「でも栄養素をぜんぶ気にしながら食べることって、できます？」

「無理、無理。それが無理だから困ってんのよ」

「それに『あれを食べろ』って、簡単に書いてある食品。栄養素とカロリーは書いてあっても、値段は書いてないじゃないですか」

「あーっ、それ！　まさに、それ！　健康って結局、お金でしか買えなくない⁉」

もの凄い勢いで、高野さんが食いついてきた。

眞田さんは、本当に心のハードルを下げるのが上手いと思う。

「まぁ、そんなことは決してないんですけどね。ただ実際のところ、一日の総摂取カロリーを推定エネルギー必要量内に収めることから始めることにした——でも、栄養素も気になる——けど、そんなに食費だけにお金はかけられない。これは切実な問題ですよ」

「……眞田くん、主婦なの？」

「だから、どうしても気になるそんな時こそ『サプリ』だと思うんですよ」

そう言って、ショーマ・ベストセレクションの棚からふたつの袋を持ってきた。

ひとつは、ものすごく大きな文字で「Ｅ」と書いてある。

「これ、ビタミンＥのサプリです。六十日分で、６６０円。福利厚生社割で、半額の３３０円。一ヶ月、１６５円ですね」

「安っ！」

「ただ、まぁ……ビタミンＥが不足することって、普通はあまりないですけど」

「そうなの⁉」

「いろんな食べ物に含まれてますし、脂溶性という性質を持っているので体内に貯蓄されるんですよ。だから、よほどの偏食とか少食とかでない限りは」

「あ、そう……」

「どうします？」

「……で、でもさ。アプリで、棒グラフにされちゃうと」

そのあたりは、高野さんの予期不安に近いのかもしれないと思った。

「だったら『安心を買う』ということも健全なお金の使い方だし、ある意味『心が健康になれる』と思いませんか？　もちろん何事も『節度を守って』が前提ですけど」

「確かに」

全力でうなずく、高野さん。

眞田さんが悪意のない人で、本当に良かったと思う。この調子なら怪しげな健康食品や健康器具も、簡単に売りさばけそうで怖い。

「ただしビタミンB群は、男女ともに様々な理由で不足しがちだというデータが厚労省からも出ていますので、あれは摂るべき栄養素だと思いますよ」

そう言って差し出した袋には、これまた巨大なフォントで「Bミックス」と書いてある。

「そっちは、いくらなの？」

「60日分で370円を、半額で185円」

「……一ヶ月、約90円か。わかった、EとBの両方もらうわ」

いつの間にか怪しい取引でもしているみたいな感じで、千円札を取り出した高野さん。

そのノリを理解した眞田さんは「誰も見てないな」と言わんばかりに、あたりを見渡してふた袋のビタミン・サプリを渡している。

そういうことが瞬時にできるのもまた、眞田さんの高い対人スキルなのだ。

「じゃあ、高野さん。一日総摂取カロリーは1800で、がんばってくださいねー」

キリッとした顔で振り返ると、高野さんは力強くうなずいてクリニック課を後にした。

そんなふたりのやり取りに目を奪われて、つい自分の仕事を忘れてしまう。

「あ――」

なんということだろう、診察のお会計をもらうのを忘れてしまっている。これはこちらのミスなので、とても面倒だけどあとで先生と相談しながら処理しなければ――と考えてから、これでよかったのだと思い出した。

「――や、お会計はいいのか」

「どうしました？　奏己さん」

「いえ、その……大丈夫です、はい」

先生はどこまでお人好（よ）しと言うか、福利厚生にこだわったものやら。なんとこの【健診相談窓口】は、検査や処方が出ない限り「自費診療扱いで無料」にするらしい。そう聞かされた時は、それもアリなのかなと思ってしまったけど、よく考えてみればこれは異常なこと。診察だけだからといって、医師からの専門的な話が聞けて相談もできて、無料でいいはずがない。

ただ先生の収入は診療報酬ではなく、ライトクの社員としてもらっている給料だ。ということは部署の仕事である以上、それでいいのかもしれない――ぐるっと思考は一周して、また元の位置に戻ってしまった。

そんな複雑な雇用形態について悶々（もんもん）としていると、診察ブースから先生が出てきた。

「ん？　ショーマ、もう戻っていたのか」

「ちょっと、高野さんのことで。ね、奏己さん」

「えっ？　あ、いや……」

眞田さんは明らかに、先生の「なぜ俺だけ共有できない」アタックを待っている。なんだかんだ言いながら、眞田さんもあれを大人げなく楽しんでいたことがこれで分かった。

　でもたぶん、今の先生から期待する反応は返ってこないと思う。

「眞田さん、ちょっと失礼しますね」

「え……なんです？」

　先生が最後に水分を摂ったのは、お昼休憩が終わって午後の診察を始める前に手渡したペットボトルのお茶が最後のはず。それ以降は迎え入れや処置で診察室を出てきた時も、水分を摂っている様子はなかった。

「先生。あのお茶、全部飲みました？」

「あのお茶……？」

「午後の診療用のやつです」

「……どうだろうか」

　この反応は、おそらく全部飲んでいないはずだ。

「じゃあ、これどうぞ」

　眞田さんには許可をもらっているので、遠慮なくショーマ・ベストセレクションの棚からポカリスエットを手に取って先生に渡した。

「そうか。もう、そんなに経つのか」

フタを開けてペットボトルを傾けると、どうやったらその勢いで口からこぼさず喉を通過させられるのかというスピードで、ガボガボッと一気に半分ぐらい飲んでしまった。

やはり、かなり喉は渇いていたのだ。

「あと、これもどうですか？」

水分の次は糖分として、ブドウ糖のラムネが入ったボトルをそのまま渡した。

ポカリスエットだけでも糖分は十分摂れそうに思うけど、その体内消費スピードは個人差があると先生は言う。糖尿病などの基礎疾患がなければ、人や職種によっては二、三時間ごとに摂った方が思考が安定する場合もあるらしい。ただし糖分は一度に大量摂取すると、下痢になることもあるので節度を守って——もちろん全部、先生の受け売りだ。

「ありがとう」

ザラザラッと手に数粒取り出すと、先生はそれを無感情に口に放り込んだ。

「ちょっと、リュウさん。もしかしてさっき、軽い脱水と低血糖で反応が鈍かったの？」

「なんのことだ？」

やはり少しだけ、ぼんやりしていたのは間違いなさそうだ。

「それで奏己さんに、介護をお願いしてるわけ？」

忙しい先生の秘書的なお手伝いが何かできるとしたら、これぐらいしかなかったというだけの話。介護は、ちょっと言いすぎではないだろうか。

「や、違うんです。先生には健診相談窓口を回すことに集中していただきたかったので、私が時間を見ながら勝手にやってたことですから」

「奏己さん。それを介護って言うんですよ」

「しかし、ショーマ。どうも最近、すこぶる調子がいいんだ。毎日なんとか診療を回せているのは、マツさんのお陰ではないかと」

「えぇ？　今日だけのことじゃないの？」

「そうだが？」

「そうだが、じゃないでしょ。奏己さんは、リュウさんの秘書じゃないんだよ？」

「それは……まぁ、そうだが」

なんとなくいつもより、先生に対する「あたり」が強い気がした。

でも「先生の秘書」という響きは、なんとも心地よいものだ。

「だったら昔みたいに、二時間毎にタイマーかけとけばいいじゃん」

実はそれ、すでにやってみたけど先生は失敗している。

タイマーはきっちり二時間毎に鳴るけど、その時に患者さんがいれば、先生は診察が終わってから飲もうとする。そしてそのまま忘れて、次の患者さんを呼び入れてしまう。

だからこそ、見ていられなくて自分から申し出たのだ。

「あの、眞田さん。実はそれ」

むしろ、どうやって眞田さんをなだめればいいだろうか。そんなことを考えていると、午後五時を十分すぎたクリニック課のドアが慌ただしく開いた。

「すみません！　ちょっと、子どもの学校に呼ばれてしまって――」

息を切らせて駆け込んで来たのは、個人的には懐かしい女性の顔。確か今年で小学校五年生になる息子さんのいる一児の母でありながら、次期主任候補にも挙げられている、ライトク入社二十年目にして総務課勤務九年のベテラン社員。入社当時から新人育成担当として非常にお世話になり、思い切り面倒をかけまくった、青柳有希乃（ゆきの）さんだ。

「お久しぶりです、青柳さん。ずいぶん慌てて……今日は、どうされましたか？」

「あ、松久さん！　先生も！　本当にすみません！」

思わず顔を見あわせてしまった先生は、頭上に「？」マークが出ている状態だ。

「大丈夫ですから、落ち着いてください青柳さん。どうされたんですか？」

「いや、どうしたっていうか……え？」

今度は受付カウンター越しに青柳さんと視線が合ったけど、その違和感は目立っていた。

人間は、こんなに「まばたき」をするものだろうか。

そのうえ目でも痛いのか、時々「まぶた」もピクついている。

「だって今日わたし、無理を言って一番最後の【健診相談窓口】に予約を入れてもらったのに、キャンセルの電話も忘れて」

今日の最後は、高野さん。午後五時すぎは駆け込みさんだけで、予約枠の設定はない。

「青柳さん、青柳さん。たしか受診、明日だと思うんですけど――」

「えっ⁉」

お世話になった人なので特に覚えていたのだけど、念のため確認してみた。

「――ですね。予約画面にも、そう入ってます。明日の午後四時四十五分、最後の枠で」

緊張の糸が切れたのだろうか。見て分かるほど、青柳さんの肩から力が抜けていく。

「あ、そう……そうだったっけ……そうか、わたしの勘違いか……なら、よかった」

勘違い自体は何でもないことだし、よくあることだからまったく問題ないけど、その「まばたき」と「まぶたのピクつき」は決して良くないと思う。

そう思ったのは、先生も同じだったらしい。

「青柳さんは、たしか健診後の『相談』だけでしたよね？　もしお時間が大丈夫であれば、今からでもかまいませんが」

「いえいえ、もう時間も遅いですし――」

チラッと腕時計を見た、青柳さん。やはりその間も、まぶたのピクつきはかなり多い。でも健診後の「相談」だけということは、検査では何も引っかかっていないのだろう。

「――玄関ロビーのソファーに、息子を待たせてますので」

まだ寒くないとはいえ、小学校五年生が玄関ロビーのソファーにひとりで座り、退社する社員の晒し者になるのはどうだろうか。

　といってもこのご時世、どこかに子どもさんを預けることがいかに難しいことか、いろいろな人の話を聞いて分かっているつもりだった。

「玄関？　どうせならクリニック課にお連れいただいて、ジュースでも飲みながらそこのソファーで待ってもらう方がよろしいかと」

　一瞬だけ考えた、青柳さん。

　でもやはり、まふだのピクつきが止まる気配はない。不規則に流れる電気で、ビクビクしていると言った方がいいだろうか。

「お気遣い、ありがとうございます。でも、もう五時半をすぎてしまいますし……明日の予約させていただいた時間に、またお願いします」

「青柳さん――」

　ぺこりとお辞儀をして背を向けようとする青柳さんを、先生の言葉が引き止めた。あれだけ見たものを一瞬で記憶してしまう先生が、この症状に気づかないはずがない。

「――今日、お困りのことはないですか？」

「ありがとうございます。大丈夫です」

　もう一度お辞儀をすると、青柳さんはクリニック課を出て行ってしまった。

「第一印象（ファースト・インプレッション）、眼瞼（がんけん）ミオキミア――」

入口ドアを見たまま、ぼんやりと先生がつぶやいた。

「……はい？」

不意に先生が振り返った。

「――鑑別は、眼瞼けいれんや他の眼科疾患。まずは眼科紹介が必要だが、マツさんは青柳さんをよく知っているのだろうか」

「え？　あ、はい。入社してすぐから、ずっと総務課でお世話になっていた方なので」

「そうか。マツさんは今日、何が食べたいだろうか」

「……はい？」

ちょっと何を言っているか分からない、先生おなじみの急展開。

でも、大丈夫。そんな時は、だいたい眞田さんが助けてくれるのだ。

「ちょ――リュウさん、話が飛びすぎ。頭で考えてるだけで、その内容はまだ奏己さんに話してないからね？」

「ん……？」

「あれでしょ？　青柳さんがどんな人か、奏己さんから話を聞きたいんでしょ？」

「もちろん。そうすれば明日の診察前に、あらかじめ方針が立ちそうなので」

「で、時間も時間だから『どこかで、ご飯でも食べながらどうですか』と」

「その通りだが?」

申し訳ないけど、そこまでは汲み取れなかった。

こんな時、眞田さんがいてくれて本当に助かる。

「ですって、奏己さん。すいませんね、いつもこんな調子で」

「あ、いえいえ。私も今日は、特に用事もないですし――」

いつの間にやら白衣を脱いで、すでに帰る寸前の状態になっていた先生。申し訳ないけど、今から締めの作業をしなければならないのをお忘れだろうか。

「だから、リュウさん。気が早いって」

「それでマツさんは、どこのファミレスがいいだろうか」

「なんで、ファミレス限定なのよ」

なんとなくだけど、思い当たる節がないわけではない。

前に田端さんと矢ケ部さんと先生の四人で行った時、ポップコーンシュリンプが気になって仕方ないけど、お腹一杯で食べられなくて悔しがっていたことを思い出した。

「いや、ショーマ。別に、おまえの意見は要らないと思うが……」

「待って、待って！　なんでオレだけ仲間はずれになってんの!?」

こんな感じでクリニック課に少しずつ馴染めてきたのは、とても嬉しいことだ。

でもあれだけお世話になった青柳さんのことが、気になって仕方ないのも事実だった。

▽ ▽ ▽

当然ながら青柳さんの相談内容は、まぶたのピクつきだった。

「じゃあ、青柳さん。すいませんけど今日は、私と一緒にお願いします」

健康診断には必ず「なにか気になる症状はありますか？」と書き込む欄があったり、医師との面談で話す機会がある。青柳さんはそこに「まぶたのピクつき」と書いたので、それに対して先生が【健診相談窓口】で診察をすることになったのだ。

でも思い返してみれば、健診で「爪の形が変わってきて心配だ」「耳鳴りがする」「いくら寝ても疲れが取れない」と書いたり話したりしてみたところで、それに対する医学的な説明や治療方針を立ててもらった記憶がない。

つまり心配なら会社健診（こんなところ）で聞かず、皮膚科や耳鼻科や心療内科に行けということだろう。

もちろんそれらの訴えに対してキチンと話をしてくれる会社健診もあるのだろうけど、外部委託の流れ作業でやっている限り、あまりにも時間とマンパワーが足りないと思う。

会社規模にもよるけど、健診時の医師はひとりか、せいぜいふたり。それでまったく初見の人間を数百人も相手にするのだから、できることなんてほとんどない。つまり健康診断は規定の項目をチェックするのが目的であって、診療受診ではないということだ。

ちなみに都内有名私立大学の医学部付属病院が、駅チカのビルで健診事業をメインにしたクリニック形態を展開しているらしいけど、それぐらいの規模でも婦人科を除けば健診時の担当医師はひとりだと、先生が教えてくれた。

ならばあの「なにか気になる症状はありますか？」という項目は、何なのだろうか。

そんなことを考えながら社食まで歩いていると、誰もがそうなるように、隣の青柳さんは少し不安そうな顔になっていた。

「ねぇ、松久さん。これ、本当にいいの？」

「だいたい皆さんに同じことを聞かれますけど、これがクリニック課の普通ですので」

「……社食を使うのが？」

「はい。何を注文してもクリニック課が持ちますから、遠慮しないでくださいね」

青柳さんの不安そうな表情は、さらに強くなった。

「けど、社食で何するの？　まさか検査……じゃないだろうし」

「うーん……話をするだけ、なんですよね」

重大な疾患ではないことを除外診断で確認できた患者さんと、今日も社食の「商談席」で丁寧に「問診」を取り直すお仕事が任された。

眼科受診や頭部ＭＲＩ検査の結果、青柳さんの診断は「眼瞼ミオキミア」——経験したことのある人もわりと多い、あの「なぜかまぶたがピクつく」状態。あれにもちゃんと、症状名があったのには驚いた。

「あっ、松久さん。らっしゃい」

閑散とした、午後三時の社食。

大将は、この時刻でも、居酒屋感覚の威勢のよさだ。

「すいません、大将。今日も『商談席』お借りしますね」

「何にします？　この時間なんで、いつものにします？」

「えっ！　あれ、できます!?」

「いっすよ。まだフライヤーの火も落としてませんし、最近この時間は関根ちゃんにスイーツの作り方を教えてるんで」

ニヤッと笑う大将にハメられた気がしないでもないけど、あれは断れないメニューだ。

だいぶ慣れてきた、社食での問診。午前中でランチタイム前ならカフェラテのホットのみ、お昼を食べながらだと【カロリー調整】定食を注文することが多い。

でも今ぐらいの忙しくない時間だと、実は大将が作ってくれる「揚げたてポテトとチョコディップ」という【裏メニュー】がある。熱々でカリカリの薄塩ポテトに絡める絶品チョコムースが、たまらなく背徳的で美味しいのだ。

「あと私は、あったかいウーロン茶で。青柳さんは、どうします？」

「じゃあ、わたしは……コ、コーヒーを」

「大将の『揚げたてポテトとチョコディップ』、裏メニューで普段は食べられないんですよ。めちゃくちゃ美味しいですから、半分ずつどうです？」

ぽかんとしている青柳さんを見て、ハッと我に返った。

今から青柳さんの問診を取り直すというのに、なぜこうも緊張感がないのだろうか。

その理由は、だいたい想像がつく。新入社員の頃からクリニック課へ異動になるまでの間、ほぼずっとお世話になっていた、その親近感からに違いない。青柳さんは先輩であり、指導係であり、お姉さんであり、時にお母さんだったのだ。

「す、すいません……つい」

右も左も分からない、入社一年目の頃。新人マニュアルを渡されて、終わりではなかった。人のやっていることを見てメモして覚えなさい、の古いスタイルでもなかった。ましてや「私の頃はもっと厳しかった」など、一度も言われたことがない。

青柳さんはあの時すでにライトク入社十三年目だったけど、育休明けで人事課から総務課へ異動になって三年目だった。できそうな仕事をあらかじめ選んでくれ、そのイメージトレーニングと予習を必ずさせてくれて、なるべく失敗しないように少しずつ業務を覚えさせてくれた。それは「部署が必要とする仕事」にいきなり新人を放り込むのではなく、あくまで個人の技量にひとつずつ積み上げて、少しずつ部署が必要とする仕事に「近づけていく」指導方針。それが分かったのは、入社して二年目になってから。そしてそれ以降も青柳さんは「前にも言ったよね？」とは決して言わない人だった。

「ふふっ。いいの、いいの。松久さんは、それぐらいで」

「……なんか、ホントすいません」

カーテンで間仕切りされた商談席に座ると、相変わらず優しく微笑(ほほえ)んでくれる青柳さん。

そんな青柳さんが、眼瞼ミオキミアで困っているのだ。揚げたてポテトのチョコディップで浮かれている自分の姿を想像すると、顔から火が出そうだった。

「社食の鎚屋(つちや)さんとも、いきつけの居酒屋みたいになってるし」

「えっ⁉」

「……なに？　どうかした？」

「大将、鎚屋って名前だったんですか……？」

「ずいぶん仲良さそうなのに、今まで知らなかったの？」

「だって……ＩＤカードも付けてないし、みんなも『大将』って呼んでましたから」

やはり指導担当になるぐらいの人は、相手の名前を知っていて当たり前——と考えて、そもそも自分が根本的に間違っていることに今さら気づいた。名前も知らないまま、社内での関係が成立するはずもなく——いや、役職は知っていても名前を知らない人なんて社内にはけっこういる。それに大将はいまだに居酒屋感を前面に押し出した作務衣(さむえ)に雪駄(せった)姿だし、先生も眞田さんも「大将」と呼んでいたワケだし、ＩＤカードなんて調理場では火が付いたら危ないだろうから――。

「ほらほら、松久さん。頭の中がグルグルしてると、熱々ポテトが冷めちゃうよ」

「あ……」

昔から青柳さんには、なぜか考えていることを見透かされてしまう。このあたり、眞田さんに通じるものがあるのではないだろうか。

「そういうところは変わってなくて、逆に安心しちゃった」

「すいません……成長がなくて」

こればかりは、どうしようもない。しかも最近では「この思考回路って【予期不安】でも【負の罠(わな)】でもないから、大丈夫だよね？」と、知識を盾(たて)に安心する術(すべ)を覚えたばかり。やはり正しい知識こそ、人にも自分にも優しくするための必須アイテムなのだ。

「成長、してるしてる。去年までと違って、ずいぶん生き生きしてるもの」

「でもこれは成長というより、クリニック課が想像より楽しい部署だったから」

「そうかぁ、楽しい部署なんだ。よかったじゃない」

コーヒーに口をつけた青柳さんはギュッと目を閉じて、まぶたのピクつきをなんとか止められないものかと努力していた。

「すいません、なんか私の話ばかりして。それより、大丈夫です？　その――」

「眼瞼ミオキミアって言うんでしょ？　前から出ることはあったけど、ここまで毎日続くのは初めてで……ホントはもっと早く、眼科に行けばよかったんだろうけどさ。とても眼科の診療時間内には、受診できないし……でも今年から、ずいぶんラクになったよね」

今年は社長からの社内一斉通達があり、健診後にクリニック課から検査紹介が出て他院を受診する場合は、各部署の「社用外出」として取り扱うよう指示が出ていた。どうやらそれも、社長の掲げるSWEGs＝持続可能な労働環境目標のひとつ【すべての社員に健康と福祉を】に準ずるものらしい。

「先生からは、症状に関する説明を聞かれましたよね？」

「不随意運動……？　自分で止めようとか動かそうとかしても、どうにもならない筋肉の動きって教えてもらったけど、誰にでもあることなんだってね」

両方のまぶたが下がったまま上がらなくなったり、まぶしくて物が見づらくなったりすると、それは眼瞼ミオキミアではない危険な症状だと先生からは聞いている。

「そうみたいですね。他の大変な病気じゃないことが分かって、私もホッとしましたよ」

「でもこれ、主な原因はストレスなんでしょ？」

「……らしいですね」

そう。体の疲れだけでなく、精神的なストレスも引き金になるらしい。そういう意味では心身症状のひとつに入れてもいいと、先生は言っていた。もちろんモニターやキーボードを長時間使ったデスクワーク、他には眼精疲労、あるいは寝不足などが原因となって、誰にでも一時的には起こることがあるという。

でもこのところ、青柳さんは毎日これが続いている。

そこで、問診係の出番がきたというワケだ。

「あっ、そうか。それで松久さんが、わたしのカウンセリングをしてくれるんだ」

「えっ！　ち、違いますよ!?　問診です、問診！　カウンセリングとか——そういう凄いことなんて、私にはできないですから！」

いまだに半信半疑だけど、先生や眞田さんからは「話され上手」と認定され、断り切れずに問診係を引き受けている。とはいえ、単に人の話を黙々と聞いているだけ。何か相談されても助言はできないし、もちろん専門的な知識もなければ資格もない。

「新人指導の基本にもあるんだけどね。まずは相手の話を聞くって、大事なことよ？」

ピクピクというより、ビリビリした感じで青柳さんの右まぶたが震えた。

たしかに昔から、青柳さんはまずこちらの「言い訳」を全部聞いてくれる。それからきちんと「起こった事実」「それに対するお互いの認識」を順に分けて確認したあと、最後に「評価」をしてくれた。だから青柳さんの言うことに納得いかないとか、理不尽だとか、そんなことを思ったことは一度もなかった。

こんな新人指導を今でも、責任の重くなっていくばかりの総務課【管理業務】——会議資料や稟議書（りんぎしょ）から社員名簿などの管理、土地や建物に関する管理、重要書類や契約書関連の管理——と並行して続けているのだから、その労力と負担は計り知れないと思う。

「でも私……青柳さんと違って、本当に話を聞いてるだけなんで」

「なに言ってるの。それ、今ではわりとニーズのある仕事だって知らない？」

「……聞くだけのバイトって、あるんですか？」

「リスニングスタッフって言うんだったかな。要はこのご時世、愚痴のひとつも聞いてくれる相手がいないいじゃない？　だから、黙って愚痴を聞くだけのバイトもあるんだって」

「そうなんですか⁉」

「森先生や眞田課長が言われる松久さんの『話され上手』って、実は今の時代にマッチしたスキルなんじゃないかなぁ」

確かに「問診係」と大袈裟な名称をもらっているけど、やっていることは相手の話を聞くだけ。まさか先生や眞田さんは、そこまで見抜いて——と考えて、ハッと我に返った。

「や、ダメですって青柳さん。話がまた、私の話になってます」

にっこり笑って、青柳さんはコーヒーに口をつけた。

でも、決してまぶたのピクつきが止まることはなかった。

「そうは言うけど……思い当たるストレスがないか、ってことでしょ？」

「ですね」

「いっぱいありすぎて、どれが引き金になってるんだか」

「……今の総務課、やっぱり大変なんですか?」

「ううん、そうじゃないの」

「え……」

どうしてここで「そうじゃない」と、即答できるのか分からない。

「みんな、しんどいのは仕事のことだけじゃないと思うんだよね。それにぜんぜんストレスのない人なんて、いるとは思えないし」

「それは、まぁ……ちょっと、アレかもしれませんけど……」

相変わらず、気のきいた言葉ひとつ返せない。

それでも青柳さんは、話し続けてくれた。

「独身だったり子どもがいなかった頃は、仕事から帰ったら『家』が安息の地だったけど……今は家も、なんていうか……戦場から帰ったら、また別の戦場って感じだしね」

「おうちと仕事の両立……大変ですね」

そしてすっかり飲み終えたコーヒーカップを口元に寄せたまま、窓の外を見ている。隠していた疲れがどっと溢(あふ)れ出て、その横顔から色彩が抜け落ちているようにも感じる。

「……うーん、どうなんだろう」

産めば誰でも一児の母であり続けられるほど、子育てが簡単ではないことぐらい想像がつく。でもそれはあくまで想像で、おそらく現実はそれ以上に過酷なはずだ。結婚して子どもを産んだあとライトクを辞めた先輩と話してから、特にそう思うようになった。あまり好きな先輩ではなかったけど、今でもあの表情と言葉をはっきりと覚えている。

——昔はいつでも母親が家に居てくれた。私も将来は、そうなるんだと思っていた。でも三十六歳で母親になってみたら、私はここで働いて家には居ない。住宅ローンもあるから仕事を辞められない。時々、保育園のお金を稼ぐために働いている気がして嫌になる。

そう言って、当時のライトクより手取りのいい仕事を探して転職していったけど、それがどんな職場で何の職種なのか、送別会でも口にすることはなかった。

なぜかあの先輩の姿が、窓の外を眺めて黄昏（たそが）れる青柳さんと重なりかけている。

「でもさぁ。家のアレコレなんて、ずいぶん前からあることだけど、だからといって別にまぶたがピクつくことはなかったんだよねぇ」

「そ、そうですか……」

結局、大将の「揚げたてポテトとチョコディップ」が熱々のうちに食べられたのは、最初のひとつだけだった。もっとも作りたては熱々すぎて、歯ぐきの裏の皮が剝（む）けそうで怖いし、チョコムースがガチガチに固まることもないので、これぐらいで丁度いい。

「けど強いて言えば、この『ピクつき』が急に増え始めた頃って——」

わずかだけど、青柳さんの表情が動いた。

きっと何か、思い当たる節があったのだ。

「——今回の新人指導、からかなぁ」

「え……？」

「契約社員で中途採用された子——って言っても、二十八歳なんだけどね。その指導を担当してるんだけど……時期的に思い当たるとしたら、それぐらいしかないし」

人事課から総務課へ異動になって、早九年。総務課の大半の人が新人の頃にお世話になっているほどの青柳さんが、その指導を「まぶたがピクつくほど」ストレスに感じているとは、どういうことだろうか。

その時、心身症状に対する先生の説明を思い出して、自分の浅はかさが恥ずかしすぎて身震いしてしまった。

「……どうしたの？　チョコが虫歯に染みた？」

「や、すいません……なんでもないです」

心身症状の引き金となるストレスは、たとえそれがどんな些細(ささい)なものであれ、何でも引き金になる。程度や種類は関係なし。その人がストレスに感じるもの、あるいは本人がそれをストレスだと意識すらしていないものでも、引き金になるのだ。

「わたしも、ずいぶん長いこと新人指導を担当してるけど……今度の子は何て言うか、うまい表現が見つからないんだけど……独特のキャラクター、って言えばいいのかなぁ」

そして青柳さんは、大きなため息をついた。

育休に入るまで人事課に十一年も所属し、採用担当も経験している青柳さん。そんな青柳さんがストレスに感じる「独特のキャラクター」の持ち主とは、どんな人なのか。

そう考えて——いつから「他人」に対してこんなに興味を持つようになったのか、むしろ自分の変化に驚いてしまったのだった。

▽ ▽ ▽

なんだか最近、クリニック課の受付を離れる機会が確実に増えている気がする。

そのほとんどは社食の商談席でホットカフェラテを飲んだり定食を食べたりしながら、いまだにどれだけ意味のあることか本質的に理解できていないまま、問診という名の「お話お伺いタイム」をすごしている。

でも今日の任務は、明らかに今までとは違う。

総務課の企画運営業務のひとつである「防災管理と避難訓練」に、今年度からクリニック課も医療機関として組み込まれることになった。その企画内容に関して、担当の高野さんと話し合うことになったのだ。

ここはどう考えても課長で医師でもある先生か、せめて眞田さんが話し合いに出た方が、絶対に早く済むはず。それなのに先生は二秒ほど思いを廻(めぐ)らせたあと「代わりに行ってきてもらえないだろうか」と頼んできたのだった。

　もちろん総務課は古巣だし、高野さんのこともよく知っている。

　でも、決してそれだけが理由ではないはず——あの二秒には絶対なにか他の意図があるに違いないと、インパラ・センサーが囁いていた。その証拠にわざわざ、受付事務にスポットでアルバイトを雇ってしまったのだから。

「じゃあ、ちょっと……私、総務課に行ってきますので」

　代わりに受付カウンターの中に立っているのは、以前助っ人をお願いしたスーパー医療事務の七木田(ななきだ)さんではない。

「行ってらっしゃいませ、松久様」

　白髪はこうあるべきだと憧れるほどのロマンスグレーに、テーラーメイドなみにフィットしたスリーピースの濃紺スーツを普段着のように纏(まと)っている、初老のイケオジだ。

　細身なのに無駄なく引き締まった体で背筋をピンと伸ばしている姿は、どこかのお屋敷で執事でもしているのではないかと疑ってしまう。そんな思わず「爺(じい)や」と呼びたくなるようなイケオジが穏やかに微笑んでくれるのだから、多少は動揺しても許されると思う。

「あ、いや……その」

「どうかなさいましたか？」

　名前に「様」を付けられて、さらに動揺が増すとは情けない。

この物腰の柔らかい完全イケオジ執事――八田孝蔵さん、五十八歳。内装工事が終わり、お手伝いバイトをお願いできなくなった七木田さんから「じゃあウチに、ピッタリの人がいるので」と紹介された方だ。

元々はフランス領事館のお抱え運転手だったらしいけど、いろいろあって今は七木田さんのクリニックで、院長先生や理事長先生の専属ドライバーをされているという。しかしそれ以外のクリニック業務もこなせるよう、外来での簡単な診療報酬請求の仕組みは理解しているらしい。おまけに、ふたつの医療コンシェルジュの資格で1級を取得されているというのだ。これを「パーフェクト爺や」と言わずして、なんと呼べばいいだろうか。

「あの……うちは診療報酬の請求が、ちょっと普通と違うので」

「お気遣い、誠にありがとうございます。そのあたりは亜月様から手ほどきを受けて参ったつもりではございますが、後ほどご確認をいただければ幸いに存じます」

今この人、間違いなく「亜月様」と言った。院長先生の奥様には、名前に「様」を付けるのが普通なのだろうか。ちょっと、色んな妄想が止まらなくて困る。

「も、もちろんです！　こちらこそ、よろしくお願いします！」

できればもう少し八田さんと話していたかったのだけど、約束の時間も迫っている。仕方なく、と言うと高野さんに怒られそうだけど、急いで総務課へ向かわなければ――。

幸い、総務課は同じフロアの向こう側。七年も見続けたこの【総務課】プレートの下、ドアを取っ払った入口をまたぐまで、そんなに時間はかからない。こなれた感じで高野さんのデスクに向かったまではよかったものの、肝心の高野さんがいない。

その代わりすぐ近くで、見知らぬ女性と青柳さんが何やら不穏な空気を醸し出していた。

「佐伯さんは確か、社外からの電話対応は経験あるんだよね？」

「はい。だいたい庶務って言われて行ってみたら、雑用係ばっかかさせられて終わることが多くて。まぁ、ここと違って派遣でしたけどね。あはは」

「さっきの電話対応、自分なりにどこが難しかったかな」

「自分なりには、一応……流れは摑めてたと思うんですけど」

「うーん、そうかぁ……流れか。まずは聞いてて会話が『ブツ切り』っていうか、言葉使いが少しぶっきらぼうな感じを受けたんだけど……佐伯さん的には、どうかな」

「あ、はい」

このタイミングで笑顔を浮かべるのも謎だったし、返事の意味も分からなかった。

青柳さんの言っていた、契約社員として中途採用された、元庶務系派遣社員の方で間違いないだろう。確か、二十八歳だっただろうか。これでふたり足りなくなっていた総務課の人員が、ようやくひとつ埋められたことになる——とはいえ、中途採用の新人と指導係の関係にしてはあまりにも不穏で、これは朥胱に良くない。

「今まで電話対応マニュアルや指導は、ひと通り受けたことあるんだっけ？」

「はい。けっこう短期でアチコチの会社に関わらせてもらったんで、そのたびに」

物は言いようだけど、それは「派遣を三ヶ月以上継続できなかったことが多い」と言っていることにならないだろうか。

「そうかぁ。電話対応ってなんとなく、各社で共通するところがないかなぁ」

「前のところ、建築系なんですよ。だからここでは、ちょっと使えないかなと思って」

もちろん「ですます」口調ではあるのに、青柳さんとの「距離感」を間違っている気がしてならない。眞田さんも最初からこれに近い口調だったけど、何かが決定的に違う。語気が強くて「元気」という以上に、やたらピリピリと膀胱を刺激してくるのだ。

「そうかぁ……前の会社名や部署の部分を『株式会社ライトク』と『総務課受付担当』に替えれば、うちでも使える部分はけっこうあるんじゃないかと思うんだけど」

「いや、あれなんですよ。青柳さんからもらった電話対応マニュアルは形式が違うっていうか、フローチャート？　前のところとは、やり方が違うっていうか——」

なぜか電話対応について青柳さんに食い下がる感じの空気にいたたまれないまま、これほどまでにインパラ・センサーが強烈に反応する理由は簡単だった。

まずは誰でも違和感を覚える、この「身だしなみ」だ。

染めた感じのない黒髪は、肩まで届かない「切りっぱなしボブ」というやつだろう。これ自体は問題ないけど、パッサパサなのは髪質だろうか。少なくともそれはオシャレな

「外ハネ」ではなく、寝グセのように見えてならない。加えてメイクもナチュラルを通り越して、スッピンと言われたらそう見えなくもないけど、これも百歩譲って個人的に「あり」だとしよう。

しかしどれだけ譲歩しても、ライトクの服装規定が「オフィスカジュアル」だとはいえ、総務課に配属された新人がこの服装はどうだろうか。

カンガルーポケットが付いた、薄紫色のパーカ。その下に着ているロングTシャツがパジャマのレベルでゆったりすぎるせいか、裾がパーカからはみ出している。パンツスタイルと言えば聞こえはいいけど、この生地は間違いなく部屋着に最適な伸び伸びのヤツ。コンビニにプリンを買いに行くレベルなら、個人的にはギリギリ合格——と考えて、もしかすると部屋着にパーカを重ねただけで出社していないだろうかと疑ってしまうほどだ。

さすがは歴戦の指導担当だけあって、こんなことぐらいでは動じることもなく、感情を表に出すこともない青柳さん。でも明らかに、まぶたのピクつきは強くなっていた。

「——あれ、どうしたんです？　その目、なんかヤバくないですか？」

仮にも、指導を受けている最中だ。確かに気になるとは思うけど、今その話をしなくてはならないだろうか。

「あ、これ？　ありがとう、大丈夫よ。うちのクリニック課で診てもらってるから」

「それ、めちゃくちゃヤバいですよね」

「……ん？　この、まぶたのこと？」

「や、じゃなくて。会社に病院があることですよ。最初に聞いた時、マジこの会社って絶対ヤバいと思いましたもん。即応募しましたよ」

正直、はたで聞いていても「ヤバい」の意味が分からない。新卒の人なら「がんばれ新社会人」で済むけど、同じぐらいの歳なので、聞いているこちらの心臓が痛い。早く馴染みたいがゆえに、距離感を間違えて馴れ馴れしくしてしまう——そのことに気づかない人は、いつまでも気づかないことが多い。

でもこの嚙み合っていない感じを助長しているのは、はたして自分から勝手にハードルを下げすぎて、友だち口調になっていることだけだろうか。

「まぁ……それは大丈夫だから。今は、庶務的業務の話を」

「あ、はい。でも電話に出るの、マジで緊張するんですよね」

「最近の人はそうみたいだけど、避けられないし……すぐに慣れると思うよ？」

「ですかね。わりと派遣とかで違う会社に行くたび、一から覚え直すのがマジで大変で」

「いや……一から覚え直さなくても、前の会社と違うところだけ……繰り返しになるけど『株式会社ライトク』とか『総務課受付担当』とかのところだけ替えれば、取り次ぎまでの流れはそんなに違わないと思うけど」

「じゃあ、それでお願いします！」

庶務系業務の基本である、電話対応について話しているのは分かる。ショートメッセージやSNSアプリ全盛のご時世で「電話が苦手」という気持ちも非常によく分かる。でもこれはそういう次元の問題だけではなく、ふたりの会話自体が根本的に嚙み合っていないような気がしてならなかった。

なにより佐伯さんが浮かべるこの満面の笑みが、青柳さんの指導をどれだけ理解できているのか分からなくしている元凶なのではないだろうか。

「佐伯さん？　それで、って言うのは――」

青柳さんはため息だと気づかれないよう、ゆっくりと息を吐いてひと呼吸おくと、手持ち無沙汰で高野さんを待っているこちらに気づいてくれた。

「――あら、松久さん。どうしたの？」

「お邪魔してます。防災管理と避難訓練のことで、高野さんに」

「あ、そうか。今年から、クリニック課も企画を出すんだっけ」

どこでスイッチが入ったのか、急に元気な挨拶が横から飛び込んで来た。

「初めまして！　先月から総務課に中途採用になりました、佐伯陽毬(ひまり)です！　よろしくお願いします！」

「えっ⁉」

たぶん名刺は社員同士で交換する物ではないし、そもそも総務課で作った記憶がない。

これを「社交的」と受け取るべきなのか判断に困るけど、少なくともこのタイミングでの自己紹介は、決してタイミングのいいものではないと思う。

「あ、ご丁寧にどうも……クリニック課で、医療事務をやってます――」

瞬時にインパラ・センサーが「元総務課の」という言葉を、口に出す前に削除した。

こういう圧を持つ人は「好き嫌い」のカテゴリーではなく、非常に「苦手」だ。不必要に話題を広げてしまわないよう、伝える情報は最低限度でいいと思っている。

「――松久です」

「ヤバい。会社員なのに、病院の事務さんなんですよね」

「そう……ですね」

どう考えてもいい会話の流れにはならないので、トイレに逃げて話をカットすることにしようと思った時、タイミング良く高野さんが戻って来てくれた。

「ごめーん、松久さん。待った？　受付を空けっ放しにして、大丈夫？」

「大丈夫ですよ。今日はスポットで、バイトの方に来てもらってますので」

「あ、そうだ。有希乃さん、課長が捜してましたよ。北上尾工場の固定資産税のことでもの凄くゲンナリした顔で、青柳さんが肩を落とした。

「もう、それ経理部に移管したのに……悪いけど佐伯さん、デスクで待っててくれる？」

「ありがとうございます！」

青柳さんは背を向けて慌ただしく去って行ったのに、なぜか佐伯さんは自分のデスクに戻ろうとはしなかった。

「何かお手伝いできることはありますか!?」

「え……」

まさかそういう角度で突っ込んで来るとは、高野さんも想像できなかったのだろう。珍しく動揺した顔で、ブルブルと首を横に振っていた。

「……いや、大丈夫だから。自分の席に戻っていいと思うよ？」

「ありがとうございます！」

この何を言われても「ありがとうございます」で返すのは、時代の特徴なのだろうか。

ようやく佐伯さんが自分のデスクに戻っていくと、高野さんがヤレヤレとパイプイスを出して座るように勧めてくれた。

「百戦錬磨の新人担当教官、有希乃さんも今度ばかりは参ってるみたいだね」

「……なんか、そんな感じでした」

「あ、もう見た？　ぜんぶ聞いた？」

「た、高野さん……声が」

「大丈夫。あれ、見てみなさいよ」

立てた親指で、三つ離れた佐伯さんのデスクをクイッと指さした。

「うそ……」

まるでお昼休憩のように、スマホをいじっている。

「あの子、すごくない？」

「でも、あれじゃないですかね。スマホで調べ物とか」

「違う、違う。あれ、二次元のイケメン・アイドルを育てるソシャゲだから」

「見たんですか？」

ペットボトルのお茶を黙って飲んでいるけど、間違いなく覗いたのだと思う。

「あたし最近、分かってきたんだわ」

「何をです？」

「覚えてる？　さっき有希乃さん『デスクで待っててくれる？』って言ったでしょ」

「課長のところへ一緒に行っても、仕方ないですからね」

「だからあの子は、自分の机で『待ってる』の」

「……はい？」

「いいね、その反応。普通で安心するわ」

「いや、でも……待ってるって」

「有希乃さんは『マニュアルの復習をして待ってろ』とは、言わなかったでしょ？」

「や……えぇ!?」

「あの子はそうなの。この一ヶ月ほど見てて、思うんだけどさ——」

片肘を机に乗せてトークモードに入ってしまうと、もう止められない。高野さんは防災管理と避難訓練について、話すつもりがすっかりなくなってしまったらしい。

スポットでバイトまで頼んでくれた先生と、わざわざ来てくださったイケオジの八田さんには、本当に申し訳ありませんと心から謝るしかない。

「——どっちなんだろうね。時々、いるじゃない？　行間読まずに、言葉通り受け取っちゃう人。あれなのか、それともいつまでも『お客様』気分なのか」

「最初から、ずっとあんな感じなんですか？」

「だよ？　取りあえず総務課(うち)は、電話対応とか来客対応とか郵便物の対応とか、そういう庶務系業務からやってもらうじゃない。でもあの子はこの一ヶ月、電話対応だけでまだあんな調子なんだよね」

「まぁ、私もそんな感じでしたけど……」

チッチッチッ、と高野さんは人さし指を振った。

「ねぇ、松久さん。社内清掃や消毒用の次亜塩素酸消毒液の作り方、覚えてる？」

「あの、希釈するヤツですか？」

「そう、新人がまず覚えるあれね。有希乃さんが忙しかったから、あたしが教えたんだけどさ。心配だったから横で見てたら、希釈の割合を逆にしたからね」

「逆っ⁉」

「人の話を笑顔で自信満々に聞いてたから大丈夫かと思ったんだけど、ダメだったね。ちゃんとメモに『水500mLに、次亜塩素酸溶液5mL』って書いてたんだよ？　でも、メモを見ないんだもん」

メモしたことで安心するタイプだろうか。なんとか「新人あるある」の範疇に収めようとしてみたものの、ちょっと難しいかもしれない。

「ていうか、全部ひっくるめて『慌てた』で済ませたとしてもだよ。次亜塩素酸溶液500mLに水5mL入れて『希釈した』って思う？」

「まぁ、私も……」

「いやいや。さすがに、そこまでじゃなかったから。それに少なくとも、来客対応には出せる格好で出社してたって」

「やっぱり高野さんも、気づいてらしたんですね」

「誰でも気づくでしょ。あれ、どう見てもオフィスカジュアルじゃないから」

「……あれですかね。カジュアルの部分だけが、頭に残っちゃったとか」

「見かねた青柳さんが就活のスーツでもいいよって言ってやったら、一着しか持ってなくてさ。言われたままそれを着続けるもんだから、結局ヨレヨレになっちゃうし……挙げ句にシャツの襟や袖が汚れたまま気にならないって、あり得る？」

ふと矢ヶ部さんの「汚部屋」を思い出したけど、矢ヶ部さん自身は身ぎれいだった。あれの逆バージョンは、あるのだろうか。そもそも、佐伯さんのお部屋はどうなっているのだろうか——今までなら絶対あり得なかったことだけど、やはり「他人」に対して興味を持ち始めていることに改めて驚いた。しかも、青柳さんの眼瞼ミオキミアを誘発するほどの人物に対してだ。

「でも、誰も言わないの。松久さんなら分かるでしょ？　長くウチに居たんだから」

「ま、まぁ……」

「だからあの『見てくれ』でも、青柳さんが苦労してようやく辿り着いた妥協点というわけ……ってエラそうに言いながら、結局あたしも卑怯な傍観者になってたんだけどね」

ようやく補充された、契約社員。何か言ってヘソを曲げられても困るし、口うるさいと思われるのもイヤ。そしてなにより、自分の仕事があるのに面倒くさい。ここは指導担当の青柳さんに丸投げするのが一番ラク。

やはり総務課の風潮は、七年前の入社時からまったく変わる気配はないのだ。

「あ、もうお昼じゃん。ごめんね、愚痴につき合わせちゃって」

「いえいえ、とんでもないです」

「じゃあ、あたしはお弁当持って来てるから——」

「や……あの、高野さん？　今日は、防災管理と避難訓練のことで」

「――そうだったわ。ごめん、すっかり忘れてた」

結局、お昼休憩で一時解散。

防災管理と避難訓練については、午後一番で再び話し合うことになった。

先生、イケオジの八田さん、不可抗力ということで許していただけないでしょうか。

▽ ▽ ▽

結局、高野さんと社食でお昼ご飯を食べながら、愚痴の続きを聞くことになったあと。

年一回の防災管理と避難訓練に、どういう企画でクリニック課に参加して欲しいかという話し合いは、だいたい十五分ぐらいで終わった。

その後はみんなに申し訳ない気持ちのまま、気づけばこうして午後五時を迎えている。

「それでは松久様、本日はお世話になりました」

最初から最後まで物腰の柔らかさが変わらない八田さんは、深々と頭を下げた。このキチッとした角度と頭を上げるまでの間も、完璧としか言いようのないお辞儀だ。

「なんか今日は、すいませんでした……ホント、なんて言ったらいいのか……」

戻って来てから隣で見ている限り、まるでここはセレブ専門のクリニックかと錯覚するほど、八田さんの執事っぷりは輝いていた。接遇は言うまでもなく、町の健康サポートセンターなみの各種医療福祉の知識を笑顔で穏やかに説明してくれ、どんな世間話も真剣に傾聴してくれるのだから、そんな勘違いをして当然だろう。

「いえいえ、松久様。とんでもございません。会社の中にある、この特殊なクリニック。亜月様からお話には聞いておりましたが、大変勉強になりました」

「そんな……こちらこそ隣で聞かせてもらって、いろいろ勉強になりました」

七木田さんに続いて八田さんという「できる医療事務とはこういうものだ」的なショックを連続で食らい、正直なところ心はかなり削られている。

取りあえず患者さんを待たせることなく、怒らせることなく、診療報酬請求とレジ締めや物品請求ができるように――今まではそれが目標だったけど、ここにきて自分とは無縁だと思っていた「医療クラーク」の意味が、ぼんやりと見えてきたような気さえする。

そんなことを考えていると、やはり先生が診察ブースから顔を出してご挨拶した。

「八田さん。今日は、本当にありがとうございました」

「森課長先生。本日はお世話になりました」

なぜ八田さんは「課長」と「先生」を同時に付けるのか、最後まで謎のままだった。もしかすると先生が「課長」と呼ばれたいことを、すでに汲み取っていたのかもしれない。

「とんでもない。こちらこそ、有意義な話ができて楽しかったです」

「なによりでございます。七木田院長先生にも、その旨をお伝えさせていただきます」

「ぜひ次のサークルでお願いしますと、お伝えください」

決して医療的な話ではないだろうということは、簡単に想像がつく。

「それでは、森課長先生。お先に失礼させていただきます」

再びキチッとした角度でお辞儀をすると、八田さんは疲れも見せず颯爽と去っていった。

本当に最初から最後までイケオジ執事だったと見送っていると、どこからともなく紅茶の香りが漂い、気づけば先生が湯気の立つカップを差し出してくれていた。

「マツさんも、今日はお疲れ様。とても助かった」

「え……？」

普通はこれを、皮肉と受け取る。

昼前から受付を空け、高野さんの愚痴トークに巻き込まれる形でお昼ご飯を一緒に食べ、肝心の防災管理と避難訓練について話をしたのはわずか十五分。クリニック課に戻って来たあとも、八田さんが流れるように受付事務をこなしているので、隣の安定ポジションである「ショーマ・ベストセレクション」棚担当として一日が終わった。どう考えても「お疲れ様」とか「とても助かった」とか言われる要素は、まったく見当たらない。

ただ先生は、皮肉や嫌味を決して言わない人だから判断に困るのだ。

「マツさん。こんな時間から申し訳ないが、高野さんから聞いた話の続きを教えて欲しいのだが、どうだろうか。もちろん、残業として」

「や、だから防災管理と避難訓練については――」

「それは大丈夫。了解したので」

デスクの隣に「どうぞ」と座るよう促され、ホワイトチョコでコーティングされたウェハースのお菓子まで差し出された。知る限り、先生が「スイーツ」と呼ばれるものを好んで食べるところを一度も見たことがない。つまりこれは、わざわざ用意してくれた「ご褒美」ということなのだろうか。

「じゃあ、話の続きっていうのは……」

真顔になった先生は少しだけ首を傾け、真正面から視線を逸らさなかった。

「青柳さんが指導している新人の佐伯さんについて、おそらく高野さんはマツさんになら色々と話してくれたと思うのだが、どうだっただろうか」

「……まさか、先生」

今さらながら、あの不自然な「お使い」の意味に気づいた。

防災管理と避難訓練については結局、高野さんからの話を持ち帰って先生の許可を得なければならないことだらけ。どう考えても、先生か眞田さんが話を聞く方が早かった。

『同じ総務課の青柳さんが指導するに際して、眼瞼ミオキミアを呈するほど『独特のキャラクター』だという佐伯さんは、はたして『周囲からどういう評価をされている人』なのか。それを詳しく知ることが、ひいては青柳さんの心理的負荷を軽減することに繋がるののだが……それを入社半年ほどの俺が聞いたところで、話してくれる内容もたかが知れているだろうと思い」

「だから、私に？」

「高野さんは話し好きだし、マツさんとの付き合いも長い。そのふたりが顔を合わせれば、佐伯さんの話が出るのは必然。申し訳ないが、その方が自然だと判断させてもらった」

つまり八田さんをスポットでバイトに雇ってまで高野さんの元に行かせたのは、総務課での佐伯さんの様子を先生が知りたかったからなのだ。

「でもそれなら……青柳さんに聞けば」

「彼女は佐伯さんについて、まったく語ろうとはしない」

「えっ？　まったく……ですか？」

青柳さんのあの様子、かなり参っているように見えたのだけど。

「口にはしないが、おそらく『自分の指導の仕方が良くない』『指導する自分にすべての落ち度がある』と思っている可能性が高いだろう。これは指導する側の責任感が強すぎる場合に、よく見かける心理状態だ」

確かに青柳さんは昔から、総務課のメンターであり、お姉さんであり、時にお母さんだった。新人を守ってくれることはあっても、突き放すことは決してない。

ただ――そうだとしても、ひとつだけ分からないことがある。

「佐伯さんのことは、むしろ青柳さんの方がよく知っておられると思いますけど……それを先生が改めて知ることで、青柳さんの眼瞼ミオキミアは良くなるんですか？」

「おそらく佐伯さんの『独特のキャラクター』は、医学的に説明できると思う。それを青柳さんが正しく理解できれば、経験的に心理的な負荷は減る可能性が高い」

「……あれを、医学的に？」

先生はコーヒーカップをデスクに置き、ひと息ついた。

「俺は大学にいた頃、医学部の臨床実習生や研修医を指導していた。もちろん彼らは特別枠で入学していない限り、入試に合格し、医学部の進級試験と卒業試験を通過し、国家試験に合格するだけの学力はある。だがどうにも『指導に困る』ことは、かなり頻繁に経験した——つまり青柳さんの言う『独特のキャラクター』というやつだ」

そう言われて、不意に思い出した。

あれは学生の頃に住んでいたアパートの近くにあった、開業クリニックだった。そこの院長はとても独特で、ホームページの医師紹介には国立大学の医学部卒と書いてあったものの、患者に指導するというよりは常に説教口調だったし、スタッフさんにも頻繁に怒鳴っていた。処置スペースのベッドの下には段ボール箱に詰め込まれた紙のカルテがはみ出していたし、診察机のモニター下のスペースには口の開いたチョコの箱がぎっしりと押し込まれていた。トイレの壁には難解で見たこともない「お札（ふだ）」が貼ってあったのも覚えているし、ともかく怖かったので一回しか行っていない。そして思い出すだけでも鳥肌が立つのは、たまたまその先生が訪問診療へ出かける時に、あの車の窓から見えた車内の様子――後部座席は医療品ではない段ボール箱やビニール袋で後ろが見えないほど埋まり、助手席には驚くことに食べ終わったコンビニ弁当のからが山のように積まれ、当然のようにその一部は足元に崩れ落ちていたのだ。そして決定的だったのは、なんと往診カバンがその上に平然と乗せられていたこと。あれでお年寄りの訪問診療に出かけていたというだけでも信じられないけど、あの人も先生の言うように、国立大学医学部の進級試験と卒業試験を通過し、国家試験に合格するだけの学力はあったはず。あれも『独特のキャラクター』と、なにか関係があるだろうか――。

「ちなみにマツさんは実際に佐伯さんを見たり、高野さんの話を聞いたりして、青柳さんの言う佐伯さんの『独特のキャラクター』とは、どんなものだと感じただろうか」

「え……どんな？」

「思ったまま、あまり深く考えずに」

まずは青柳さんに対する言葉使いと、受け答えのズレや違和感、そして新人らしからぬ距離感だろう。それから髪の無頓着さやオフィスカジュアルとは言い難い服装に、よく分からないタイミングの笑顔。それに高野さんが愚痴っていたことを合わせて考えると――。

「ろくに知りもしないのにこんなことを言うのは、とても失礼だと思うんですけど……」

「そこは気にせず。俺が聞いたことに、答えているだけなので」

「……なんか、疲れる人でした」

何様のつもりで人を上から目線で評価しているのかと、膀胱が悲鳴を上げ始めていた。

「とても正直な意見だと思う」

「すいません……エラそうに」

先生はカップに残っていたコーヒーを、一気に傾けて空にした。

「会社の上司や同僚、親子や夫婦の関係から親戚づきあい、友人、すれ違うだけの近隣住民から、たまたま居合わせた見ず知らずの他人まで、相手を選ばず様々な場面において『人間関係の疲れ』あるいは『人疲（ひとづか）れ』という言葉をよく耳にしないだろうか」

「します、します。耳にしますし、私自身もめちゃくちゃ疲れます」

「いわゆる『独特のキャラクター』も、その一因に含まれる」

正直、日常生活で感じるストレスの80％は人疲れだ。

「これまではその理由を『世代間のギャップ』『価値観の違い』『性格の不一致』などの言葉で説明されることが多かったが、多くの場合は『医学的に説明可能』だ」

「もしかして、心理学的に……とかですか？」

それを聞いた先生は、今まで見たことがないほど嬉しそうな笑顔を浮かべた。

「さすが、マツさん。クリニック課の医療スタッフ（コメディカル）だけのことはある」

「あ、ありがとうございます」

「惜しい――」

「えっ！　あ、違うんですね⁉」

惜しいと言うぐらいなのだから、大きく的外れではなかったということで納得した。

「――ヒトが当たり前に行っている行動や活動が、いかに他の生物より高機能(ハイファンクション)であるか。そのシステムの総称である『高次脳機能』について、ぜひ理解してもらいたい」

「それって、たしか前に言ってた――」

「そう、それ。よく覚えていたな」

「や、まぁ……はい」

近い、近い。このまま仰(の)け反っていたら、また腰が魔女の爆撃を受けそうで怖い。

もしかすると――先生のバグっている距離感も、そういうヤツなのだろうか。

「……でも私に、そんな医学的な話が理解できるとは」

「大丈夫だ、問題ない。たとえば――」

このキラキラした瞳を曇らせたくないので、いちおう話を聞いてみたところ、先生の言う「高次脳機能」とは、あまり意識せず当たり前のように行っていることばかりだった。

《例1》他人の心や気持ちを理解すること

これは子どもの頃から永遠のテーマみたいに取り扱われているけど、要は言葉にされなくても「察しなさい」ということだ。しかも伝えようと言葉にしてみても、正しく伝わったり受け取られたりするとは限らないという、世界で一番難しい問題ではないだろうか。これを理解できる脳は、確かに「高機能」だと言っていいと思う。

《例2》ニュアンス
話し言葉は文字通りの意味以外に、皮肉や喩(たと)え話など、裏に隠された「ニュアンス」として複数の意味を持つことがある。たとえば「それは良かったですね」と言われても、実はその口調や表情から「褒めたり喜んだりしているわけではない」ことなど、日常でも頻繁に経験する。これをいち早く「察する」のも、高次脳機能の役目ということだ。

《例3》ジェスチャー
誰からも教えられることのない「身振り(ジェスチャー)」の意味も、文化や慣習として周囲の状況から推測して、高次脳機能で学習するしかない。こうしてみると子どもの頃から、なんとも色んなことを「分かるだろ察しろよ」と丸投げされていないだろうか。ジェスチャーなんて間違っても教科書に載っていないし、同じジェスチャーでも国によってまったく意味が違ってくることもあるのだから、たまったものではない。

《例4》遂行機能

物事の段取りを決め、優先順位をつけて、時間通りに行動する。これは個人的に、なかなか高度な脳の機能ではないかと思っている。なぜなら、自分が苦手だから。何時に何を始めれば、どれぐらいの時間で終えることができると予想され、その次に何ができるのか。これは誰に教えられるわけでもなく、教科書に載っているわけでもなく、やはり日常生活から「体感」で学習するしかない。家から駅までの時間、電車の待ち時間をパズルのように組み立て、待ち合わせの時間から逆算して、目的地に遅れず到着する。できる人にはできて当たり前のことだろうけど、それを「人間なら誰もができて当たり前」だと言い切れるものだろうか。自分が苦手な分、これに対しては声を大にして言いたい——これが、とても難しいのだ。

《例5》その他いろいろ

物事の解決には決められた手段以外にも、方法は無数に存在すること。
自分の知らない事実を、想像だけで理解すること。
感情に左右されず、状況に合わせて行動を制御する理性。
飛び込んで来る視覚、聴覚、嗅覚など、感覚入力に優先順位をつけて処理すること。

等々——。

「——近年それら高次脳機能は個人によってかなりの『バラつき』があり、決して万人が画一的に、かつ平均的に獲得できる能力ではなく『様々な程度の凹凸』があって然るべきだ、ということが明らかになってきている」

「凹凸……？」

紅茶をもう一杯すすめられたけど、トイレが近くなるので断った。今はトイレより、この新しい知識を先生から聞いていたい。

「英語の医学用語には、頻繁に『Disorder（ディスオーダー）』という単語が出てくる。これを直訳すると『Dis＝乱れ』『order＝秩序や整頓』、つまり『道筋が整っていない』という意味になるので、俺は『凸凹』や『バラつき』という訳の方が適していると思っているが——」

「実際は、なんて訳されるんですか？」

「——障害と訳されている」

その言葉は、すべてを重くするものだった。

「マツさん。人は異質を恐れる」

「……え？」

「自分とは違う凹凸を持つ者を見ると、理解しようとする前に、必ず恐れるものだ」

先生は大きなため息をついて、真顔でこちらを見た。

「たとえば俺は、疲労を感覚として認知できない。味覚の偏りが強く触覚である舌触りに過敏なため、偏食も酷い。集中すれば尿意やまばたきまで忘れてしまうし、マツさんやショーマのように『察し』も良くない。この凹凸は、明らかに異質と言えるだろう」

「せ、先生……そんな」

「なにより人間関係を構築する上では致命的とも言える、他人との適切な物理的距離感が摑めないという空間認知のズレがある。これについてはショーマに何度も指摘されたり怒られたりしてきたが、どうにもならず……恐らくマツさんにもこれまで何度も不快な思いをさせてしまっていると思うので、今この場を借りて謝罪させて欲しい」

悲しそうな視線が、すっと床に落ちた――。

「あ、あの……せ、先生？　私、別に不快だとか……そういうことは、全然」

「――というのが、俺を例に挙げた高次脳機能の『凹み』に関する説明だが、ここまでは理解できただろうか」

あの悲しい雰囲気はいつどこへ消し飛んだものやら、戻って来た視線があまりにもいつも通りの先生すぎて、どう反応していいか分からなくなった。

もしかするとこの感じも高次脳機能の『凹凸』かもしれないし、少なくとも先生の近すぎる距離感が『凹凸』の一部だということだけは分かったので、これからは今までのように動揺しなくて済むと思う。

そもそも気づいていないだけで、きっと自分にも何らかの高次脳機能の『凹凸』があるに違いない。だからこそ、それを回避するためのインパラ・センサーが発達したのではないだろうか。

「……は、はい。だいたい、理解できたかと」

「これらは佐伯さんの話にもだいたい当てはまるので、思い返してみて欲しい」

そう言われてみると、青柳さんに対する言葉使いと、受け答えのズレや違和感、新人らしからぬ距離感、そしてよく分からないタイミングの笑顔は、確かにどれも『凹凸』で説明できるような気がする。

「じゃあオフィスカジュアルとはちょっと違う、あの服装は……」

「高次脳機能に『凹凸』を持つ者にとって、服装は最難関ともいえる課題だ」

「そうなんですか？」

「考えてみて欲しい。服は上下、アウター、インナー、靴下、靴と、組み合わせるパーツが日常生活の中では群を抜いて多い」

「パーツ」

「それらがすべて、色、柄、形、材質など、様々なバリエーションを持っている。それを毎日組み合わせて他人に悪い印象を与えないようにすることが、いかに困難なことか」

「ま、まぁ……コーディネートって、難しいですよね」

「そのうえＴＰＯを考慮するとなると、もはや組み合わせは天文学的な数字だ」

ぼんやりとだけど、先生の言うことが何となく理解できてきた。そしてこれだけ力説するのだから、きっと先生も苦労しているに違いない。

「ちなみに……先生は、どうされてるんですか？」

「ショップで買うが？」

恐らく店員さんの着せ替え人形になって、そのまま全部お買上げで帰るのだと思った。

「じゃあ、佐伯さんの……なんて言うか、髪とか……あの身なり全体に無頓着な感じは」

「マツさん。『清潔感』というものは『概念』であり、実は言語で明確に説明できない。ちなみに辞書で『清潔』を調べると『衛生的であること』と書いてある」

「……確かに、漠然としてますね」

「もちろん『汚れがないこと』との記載もあるが、その基準は？」

なるほど。汚れていないレベルとは、どのレベルで汚れていないのかという基準。ちょっとぐらいは仕方ない、これぐらいは汚れているとは思わない——それは、どれも主観的なもの。高次脳機能に『凹凸』のある人は、こんな大変な回路が頭の中を常に回り続けているのだ。

「しかも『清潔』には『人柄や行いが清らかなこと』という意味も載っているが、佐伯さんがこちらの意味として捉えている可能性は？」

「や……それは、さすがに」

「それはさすがに、言わなくても『察しろ』と？」

先生が珍しく、苦笑した。

そうだ、これもさっき教えてもらったばかりの「ニュアンス」というやつではないだろうか。こうやって人は無意識のうちに、暗黙の了解を他人に強いているのかもしれない。

「残念ながらこのような凹凸部分は、社会生活や集団生活を送るうえで『スムーズさ』の妨げになってしまう。そして他人には『性格にザラつきがある＝独特のキャラクター』と受け取られ、気づけば日常生活に支障をきたしていることが多い。しかしそこには医学的な理由があることを正しく理解できれば、お互いがお互いをストレスに感じる頻度や強度を減らすことができる」

「そうですよね。指導する側の青柳さんも、される側の佐伯さんも……きっと、どちらにとってもストレスなんですよね」

そこで、ふと考えた。

これは、誰にでもあるのに十分な説明も理解もされることの少ない「心身症状」と似たような存在なのではないだろうか。

「あの、先生……間違ってるかもしれませんけど」

「いや、それはない。どうぞ続けて」

まだ何も言っていないのだけど、これも先生の凹凸の一部かもしれない。

「心身症状は身体の『症状』として現れるから、まだ分かりやすいと思うんですけど……高次脳機能の凹凸は症状として出ないから、本人も気づかないことが多そうですよね」

「そう、俺はそれが言いたかった」

また先生の距離がやたら近かったけど、そうなる理由が分かってしまうと——分かっていても、心拍数を抑えることはできなかった。

「それゆえ他人からは、さらに理解されることも少なく」

そこへようやく、薬局の業務を終えた眞田さんが戻ってきた。

「薬の出荷制限、マジでヤバいな。ウチのレベルでもヤバくなってくるとは——あれ？こんな時間まで、ふたりで何してんスか？」

スッと立ち上がった先生は、不敵な笑みを浮かべた。

「察してみたらどうだ、異質なる者よ」

「は？　なにそれ」

「察することに秀でているからといって、おのれに凹凸がないと思うなよ？」

「……ねぇ、奏己さん。これ、なんのキャラ設定なんですか？」

もしも人の気持ちが分からなすぎることが、凹凸の『凹』だとするなら。

このインパラ・センサーや眞田さんのように、周囲の雰囲気や人の顔色を「やたら察してしまう」ことは、はたして『凸』と言えるのだろうか。

正直、どちらも違う種類の「しんどさ」があるのではないかと思うのだった。

【第三話】正解のない育児問題集

当たり前だけど、ここはライトク社内にあるクリニック課。

基本的にはみんな出社できている健康な人たちばかりなので、町の病院やクリニックとは違い、ヒマな時はヒマ。いま診察を受けている青柳さんの後は予約が入っていないので、駆け込み受診がなければ、早々に備品チェックを済ませておこうかと思っているぐらいだ。

でもそんな受診のエアポケット状態になると、眞田さんは必ずと言っていいほど、同じ三階の奥にある薬局を離れてクリニック課へやってくる。

「奏己さん、何か飲みます？」

「や、大丈夫ですけど……いいんですか？　薬局を空けて」

それには答えず、鼻歌まじりで全自動コーヒーメーカーにカフェラテ・ホットをセットしている。

「だってオレ、ひとりなんスよ？　ヘタしたら一日中、ずーっとですよ？　薬棚に囲まれた誰も来ない空間に無言で居続けたら、普通は軽く死んでしまいますって」

死にはしないと思うけど、確かに眞田さんはいつも何かしゃべっているような気はする。

薬局窓口はセキュリティの関係上——つまりライトク社員であっても医療従事者ではないので、容易に薬剤に触れることのないよう——レベル4の元サーバールームの内装を入れ替え、薬剤保管室も兼ねて設置されている。

自分がひとりであの四畳半ぐらいしかない場所に居るところを想像してみると——そんなに居心地が悪いという感じはしない。薬剤師という責任の重い職務さえなければ、むしろ落ち着く空間でうらやましいぐらいだ。とはいえ世の中はひとりぼっちでこぢんまりと過ごす空間が楽しい人ばかりではないし、少なくとも眞田さんはイヤなのだから仕方ない。

「でも先生の家(うち)でご飯を食べた時とか、ゲームにも詳しそうだったじゃないですか」

「スマホのソシャゲですか？　仕事中は一切触りませんね」

「へぇ……」

「あ。なんスか、その『意外』って顔」

「えっ!?　いやいや、そういう意味では——」

察しが良すぎるのも、やはり考え物だと思う。

「勤務中のスマホは、調べ物か仕事関係の連絡をする時以外は触りませんよ。本当にすることがなくてどうしようもない時は、タブレットに入れてる『本』を読んでます。賃金の発生する時間にゲームとか触るのって、なんか抵抗あるんですよね」

「――そうなんですか」

「あー、また。その顔」

「や、違います、違いますよ。意外だとか、そうじゃなくて」

「じゃあ今のは、あれですね？　タブレットに入れてる『漫画』を読むのはアリなのかって顔じゃないですか？」

「……なんで分かったんですか？」

　これも、高次脳機能の凹凸なのだろうか。

　さすがにテレパシー（精神感応）ではないとしても、気圧の変化を体調で察知できる人が増えているのだから、眞田さんなら地球の自転や公転さえも感じられるのではないかと真剣に思ってしまう。

「ちなみに奏己さんがあの薬局にいたら、ヒマな時に『雑誌』を読むのはアリですか？」

　楽しそうな顔で、淹れたてのカフェラテに口をつけた眞田さん。

　百歩譲って雑談はいいとしても、青柳さんがまだ診察中なのは気にならないのだろうか――と考えて、総務課でもお茶やコーヒーを飲みながら仕事をしていた人は、普通にいたことを思い出した。前に八田さんが言われたように、やはりこのクリニック課は「特殊な」クリニックなのだ。

　それに町の開業クリニックに行っても、診察机にペットボトルのお茶が置いてあるのを普通に見かけるし、実際に今も先生の机の上にはポカリスエットが置いてある。

「そんなに悩まなくても」

「や、そうじゃないんですけど……雑誌ですよね？　うーん……ギリギリ、ＯＫ？　や、待ってくださいよ……雑誌といっても」

「種類によります？　女性ファッション系雑誌は？」

「……やっぱり雑誌も、アウトな気がします。そう考えると『本』が限界なのかも」

コーヒーはその香りが鼻について、さすがにクリニックではアウトなのでは――などとエンドレスの思考に入ってしまうあたり、気にしすぎなのだろうか。

「ですよね。そう言うと思いました」

「なんでそこまで、分かるんですか？」

「たぶん『もしも人に見られたら』って、考えたんじゃないスか？」

まさに、その通りだった。人に見られることが絶対ないと断言できない以上、誰かに見られた時に恥ずかしい思いをする可能性があることなら、そこで賭けに――。

「――職場で信用を損なうような賭けに、出るべきじゃないですもんね」

わずかだけどテレパシーの存在を信じたのは、真顔でそう言われたからだけではない。

眞田さんはどうやって察したのか、まだふたくちぐらいしか飲んでいないカフェラテを流しに捨てたのだ。

「えっ……」

「すいませんでした。エラそうなこと言っておきながら、つい楽しくて……まだ患者さんがおられるのに、バックヤードでもない場所でコーヒーとか」

「……眞田さん」

「なんで気づいたか、タネ明かしは簡単——話してる最中の視線の動きと、表情や言葉の微妙な変化です。奏己さんもそういうのを『察する』の、得意じゃないですか」

「ま、まぁ……たぶん人よりは、多少」

そう。このインパラ・センサーは、いつもと違う微弱な「変化」を察するセンサー。表情、口調、視線、雰囲気——そういった「言葉以外の要素」の動きに敏感なのだ。

「でもオレ、いつも思うんですけど……高次脳機能の凹凸の『凹』と『凸』って、どっちが得して、どっちが損してるんですかね」

同じようなことを、この前ちょっとだけ考えていた。

「たとえばリュウさんみたいに生命活動の一部を忘れて体がヤバくなっても集中し始めたら止まらない人と、注意力散漫でミスが多い人。人の気持ちは関係なしで我が道を行く人と、オレや奏己さんみたいに察しすぎる人——」

コミュニケーション・モンスターの眞田さんは、素早く察してそれに対応する。

一方のインパラ・センサーは、素早く察してそれを避けて逃げる。

よく考えてみれば出力方式が違うだけで、ふたりとも入力源は同じ。インパラ・センサーを常に張り巡らしているとかなり疲れるのだから、コミュニケーション・モンスターの眞田さんは、モンスター級に「しんどい」のではないだろうか。

「――喋りっぱなしの人と、寡黙な人。聞いて理解する方が早い人と、見て理解する方が早い人。規律や規則がハッキリしてる方がラクな人と、自由にできる方がラクな人」

眞田さんは少しだけため息をついて、スマートグラスの向こうで帰りを待っているオカメちゃんたちを眺めているようだった。

「実はそんなのどっちが『損か得か』『良いか悪いか』って二極の判断基準じゃなく、所詮は程度の問題なんじゃないかって思うんですよ」

「一長一短、って感じもしますしね」

「あー、そんな感じです。だってそもそも『人（ひと）』って、境界線のない連続体（スペクトラム）で形成されているワケですから」

「連続体……？」

「ここからここまでがA、ここから向こうはB――そういうグループ分けや線引きって、キッチリ人間に当てはめられるの？ってことですよ」

それでも人は得てして、他人（ひと）にラベルを貼ったり、他人（ひと）を振り分けたがる。

そして自分がどこに属しているか、気になって仕方がないのだ。

「何事も所詮は『どちら寄りか』程度、なんじゃないですかね。まぁこれも、リュウさんの受け売りなんですけど」

人の評価は、いつから分類になったのだろうか。

眞田さんの「どちら寄りか」という表現を、とても気に入った。

「あ、ヤバっ。オレ、薬局に戻りますね」

「どうしました？」

眞田さんは受付モニターを指さすと、振り向きもせずクリニック課を出て行った。

その理由に遅れて気づいて、動揺が走る。

「え……青柳さん、お薬が出るの？」

前回の受診で先生から「高次脳機能の凹凸」について説明を受けているはずなので、今日はそれを知ったあとの症状経過を聞くだけだと思っていた。だから眞田さんも、処方は出ないと踏んでこちらに来たのだろう。

しかし、出されたお薬は『クロチアゼパム』——これは前に処方が出た時に覚えたもので、効き目が短い方の『抗不安薬』だったはずだ。

「ありがとうございました。失礼します」

診察ブースから出てきた青柳さんは、確かにまぶたのピクつきがまだ目立っている。受付の時はたまたまだと思っていたけど、多分あれがずっと続いていたのだ。

「青柳さん。今日は、お薬が出ています」

「え、もう会計？　みんなが言うように、社内クリニックってホントに便利だね」

一見すると、いつもの快活な青柳さんだった。

でも診療報酬明細書と処方箋を受け取ってお会計を済ませる間も、やはりまぶたのピクつきは続いている。

たとえ相手の「凹凸」が理解できたとしても、それがすぐにストレスの軽減に繋がるとは限らない。頭では分かっていても、心がついて来ない——ということは、理性と心は別々の場所にあるのだろうか。

「ありがとう、松久さん」

「え……？」

「先生の話を聞いて、だいぶラクになったよ」

「や、私は別に……その、なにもしてないので」

ラクになったとは言うものの、今日は抗不安薬が処方されている。

その事実に心が痛む。

「いろいろ先生に相談してくれたの、松久さんなんでしょ？」

「あれは、アレですよ……問診係をやってますので」

「ふふっ。そんなに謙遜(けんそん)しなくても」

笑顔でお財布にお釣りを入れている青柳さんは、今まで通り。

ただし、まぶたのピクつきを除いてだ。

「青柳さん――」

何と声をかければいいだろう。いや、自分に何が言えるだろうか。

佐伯さんの指導を手伝えるわけでもないし、総務課の仕事を手伝えるわけでもない。

でもこんな時にかけられる「がんばって」という言葉を、昔から好きになれなかった。

なぜなら、それで励まされたり勇気をもらったりしたことが一度もないからだ。

正直にそう言うと、必ず「可愛げがない」とか「冷たい」とか思われる。でも「具体的に」「何を」「どう」がんばればいいかまでアドバイスをくれる人は、ほとんどいない。つまり「がんばれ」という言葉は、結局「根性論」みたいだと個人的には思っている。

では青柳さんに、具体的に何と声をかければ――。

「――お大事になさってくださいね」

接遇マニュアル以外で心からそう思ったのは、もしかするとこれが初めてかもしれない。

「ありがとう。ずいぶん、クリニック課の受付が板に付いちゃって」

心身症状が改善しないということは、心理的ストレスが軽減していないということ。あるいは別の形で隠れている可能性があるということに違いない。

それは「身体の出す症状は、心の出すＳＯＳサインと直結している」という、今までクリニック課で経験したことに裏打ちされた、確信に近いものでもあった。

▽ ▽ ▽

それから数日。

お昼前になると社食が頭にチラついて仕方ない、平穏な毎日が続いた。

患者さんが受診していれば脳内もそれどころではないのだけど、ともかくヒマは良くない。今まで総務課で七年間も逃げ隠れして生きてきたくせに、まさか社食のお陰でヒマを嫌うようになるとは思ってもいなかった。

「さすがに、まだ残ってるよね……」

バカみたいに少しだけ早足になる必要はないと分かっていながら、この引き寄せられる魅力はもう、物理的な引力が働いているとしか思えない。とある地方の企業は新入社員ゼロ記録更新を続けていたのに、テレビで社食のランチを紹介をされたことをきっかけに、十年ぶりに新卒の応募が来たという話を聞いた。美味しい社食、楽しいランチは、会社への入職率すら上げてしまうほどの影響力を持っているのだ。

「……今回のカレー、なんだろう」

特に今日は、月に一回ぐらい不定期に開催される「大将　怒りのカレー祭り」の日。社食の入口が見え始める頃には、すでにいい香りが漂っていた。

このカレー祭り。使い切れなかった端物や持ち越せない新鮮食材をすべてフリーザーで冷凍保存している大将が、それを吐き出すように使えそうなものを巨大寸胴にすべて投入し、至高のカレーを提供してくれる特別な日。その代わりこの日ばかりは「カロリー制限は自己責任で」という、社食の割り切りデーでもある。ただしお値段の方も割り切り価格で、大盛り小盛りも一律３００円、お皿を返却しない限りご飯もカレーもおかわり自由という、まさに破格の食べ放題なのだ。

先月は三枚におろした魚の中骨を、片っ端から炙って保存。端物の冷凍アサリやイカに加え、海老の頭までミキサーで砕いてすべてを煮詰めてベースにしたあと、和風テイストの大将特製マサラで仕上げた、魚市場か漁港が目に浮かぶようなシーフードカレーだった。

「あら。松久さんも、この匂いに釣られて？」

振り返ると、そこには見慣れた顔があった。

「あれ？　青柳さん――」

珍しい、という言葉はインパラ・センサーの即時判断で飲み込んだ。

お昼の時間まで食い込むような業務は、総務課にはそれほど多くない。それでもクリニック課と同じ時間に社食で顔を合わせるということは、それなりの理由があるということ。

そのせいか抗不安薬を処方されているはずなのに、青柳さんのまぶたのピクつきは少しも減っていなかった。

「この日ばかりは、わたしも社食に来ちゃうんだよね」

「ですよね。私も逆らえません」

「えー。カレーの日じゃなくても、松久さんは毎日来てるんでしょ？」

「ま、まぁ……はい」

夫婦ふたり分の昼食代の節約になるし、食事のバランスも偏らないからという真っ当な理由で、青柳さんもお弁当派だった。どこかの草食頻尿女子のように、誰の話にも交ざりたくなく、どこの派閥にも属したくないという理由ではない。

確か息子さんは、離乳食の時期から好き嫌いが激しかったと聞いた記憶がある。パリパリした食感は好きだけど、軟らかい物は絶対口にしないとか。たまたま一度むせ込んでしまうと、怖がってその食べ物は二度と口にしないとか。小学校五年生になった今でも「偏食」のレベルで食事作りには悩まされていると、笑いながら嘆いていたのを思い出す。

「あ、大将。今日は、何のカレーなんですか？」

カレー祭りの日は、仕込んでしまえば特にすることがない大将。居酒屋時代のクセだろうか、後ろ手で社食のフロアをウロウロして、利用者の反応を見ていることが多い。

「こんちゃっス、松久さん。今日は、ゴリゴリのチキンですね」

「……ゴリゴリ？」

「覚えてます？　今月、手羽元の煮込みを出した日があるじゃないスか。あれ思ったより、ぜん――ぜん、出なかったんスよ。マジで、全然」

「あー、たしかに……骨付きっていうのが、アレだったかもしれないですね」

箸でほぐれるほどホロホロなので、手で持つことはなかったものの。何となく、ご飯のおかずとして「食べづらい」印象があったのは否めなかった。

「だから今日はその骨を砕いてスープ取って、皮から何から全部煮込んでやりましたよ。骨髄とか鶏油（チーユ）とか？　今日のはマジでゴリッ――ゴリの、チキンカレーっスね」

この思ったように定食が出なかった時の大将の反応を見るのも、実はカレー祭りの楽しみのひとつだと個人的には思っている。

「大将。なんだか『怒りのカレー祭り』って表現が、ピッタリになってますよ」

「あ、それのことなんスけど――」

よほどヒマなのか、大将がお皿にカレーを「小盛り」で盛ってくれている。こういうことまで覚えてくれているあたりも、うちの社食が人気な理由のひとつかもしれない。

「――松久さんから、言ってもらえないですかね。あのタイトル、変えてもいいかって」

「……タイトル？」

「このイベントの『怒りのカレー祭り』ってヤツ」

「誰にです？」

「森さんに」

「えっ！　あれを考えたの、先生なんですか⁉」

「軽い気持ちで聞いたオレも悪いんスけど、森さん真剣に考え込んじゃって……一日待ってくれって言われて」

さすが、こだわりの先生。まさかの、お持ち帰り案件になっていたとは。

「なんか、映画のタイトルで『怒りの』って付いてるのが多いんですって。だから、食材のリベンジとか？　そういう意味も含めて『怒りのカレー祭り』がいいだろうって」

「あー、確かに……言われてみれば」

相変わらず、先生のセンスは尖っているようだった。

「オレもそれを聞いた時、ちょうど飲んでたから勢いで決めちゃったんスけど……冷静に考えたら、会社で『怒りのカレー』ってヤバくないスか？　三ツ葉社長とかエラい人たちとかに『アイツふざけてんじゃねぇか』って思われてないスか？」

「や、何て言うか……私の口からは、なんとも」

それを黙って聞いていた青柳さんは、耐えきれずに笑い出していた。

「ほら、ね？　やっぱ、社食であのタイトルは――」

「すみません、鎚屋さん。つい、先生が真剣に考えているところを想像しちゃって」

そう言われて思い浮かべた先生は、ソファーで腕組みをしたまま眉間にしわを寄せ、あらゆるパターンのタイトルを延々と考えているうちに、集中しすぎて寝落ちしていた。

　ともあれ青柳さんに笑顔が浮かんだことは、とてもいいことだと思う。

　当たり前だけど「楽しい」という感情は「不安」の対極にあるもの。少しでも一時的でも、その場しのぎでも、なんにせよ「抗不安作用」があるということ。一時期やたら「笑うと免疫が変化する」という話を聞いたけど、それより体感できることかもしれない。

「けどなんか、変な噂とか流れてません？　社食のヤツ、どうかしてんじゃねぇかとか」

「大丈夫ですよ。みんな、社食のお昼を楽しみにしてるんですから」

「そうです？」

　ちょっと嬉しそうで、ちょっと得意そうな顔を浮かべた大将。

「それに雰囲気とか語呂とか、わたしはあのタイトルがピッタリだと思ってましたけど」

「――じゃ、いいか。ね、松久さん」

「えっ⁉　あ、はい……私は、それで」

　あまりにも早すぎる大将の切り替えに追い打ちをかけられた青柳さんは、楽しそうに窓際のふたり用テーブルを選び、同じく「小盛り」にしてもらったカレー皿を置いて座った。

「ほんと。ライトクの雰囲気、変わったよねぇ」

「ですね」

　その表情はとても明るいのだけど、相変わらずまぶたのピクつきは止まらない。

「わたしも、変わらなきゃなぁ……」

そして大きく、ため息をついた。

これ以上、何をどう変えてがんばるつもりなのだろうか。

高次脳機能の凹凸について理解できたとしても、それをすぐ指導に反映できるとは限らない。だからといって、それは青柳さんのせいではない気がする。

——それでも自分を変える努力って、しなきゃダメかな。

そんな時に必ず思い出すのは、三ツ葉社長の言葉だった。

「あ、違うよ？　佐伯さんのことを考えてるんじゃないからね？」

こちらの読みは外れ、考えていることは見透かされ、完全にワンサイドゲームらしい。

「……なんで、分かったんですか？」

「ふふっ。先生が説明されていた『非言語的なもの』ってやつかな」

眞田さんや青柳さんの前では、インパラ・センサーなど些細な機能なのかもしれない。

そんなことを考えながら、ビーフやポークとは違って口あたりは軽いのに、とても味わいとコクの深い「ゴリゴリ」のチキンカレーをひとくち頬張った。玉ねぎと一緒に溶けてゴロゴロ野菜は見当たらないけど、代わりにうずらの卵がオマケで入っている。

「でも、森先生の話を聞いちゃうと……うちも『あれ』でいいのかなって思うしなぁ」

ここで言う「うち」は、ライトクのことではないだろう。だからといって、何を話しかけていいか分からない。

ただどうにもそれが、青柳さんのまぶたのピクつきが止まらない原因ではないかと、何となく察することぐらいはインパラ・センサーにもできる。

「松久さんは最初、先生の話を聞いて理解できた？」

「高次脳機能の話、ですか？」

「そう。凸凹の話」

「……まぁ、なんとなくですけど。私も含めて誰にでも、色んな形であるものなんじゃないかなって思ってます」

「そうよねぇ。でもあれって、何ていうか──」

カレーをひとくち食べるあいだ、青柳さんは言葉を選んでいるようにも見えた。

「──『良いか悪いか』『白か黒か』の区別がない、境界線のない連続体(スペクトラム)って言うけど、それって結局は『正解がない』ってことでしょ？」

「正解……？」

青柳さんにそう言われて、初めて気づいた。

線引きをしないということは、どちらかに振り分けをしないということ。それはつまり

「答えを求めない」ということでもあるのだ。

「しかもああいう凹凸って年齢性別を問わず、誰にでもあるものらしいじゃない」

先生から聞いた話では、そもそも高次脳機能の凹凸は基本的に、とある年齢から急に現れたり形成されたりするものではないのだという。

それは言うなれば、生まれ持った「脳の特性（キャラクター）」。そして心身症状の時に教えてもらった「体の性格」と同様、脳の特性も簡単に変わるものではない。それが保育園、小学校、中学校、高校から社会人へと、周囲の社会性が強くなっていくに従って、相対的に目立つようになるだけなのだという。

しかもこの評価は周囲の社会性によって変わるのだから、住んでいる場所が田舎か都会か、年齢が大人か子どもか、属しているのが大集団か小グループかによって、ずいぶん変わってくる。実際に都会では指摘されることでも田舎では意外と問題にならなかったり、その逆の場合もある。同様に大人では許されなくても、子ども同士ではＯＫとか、幼稚園では大丈夫でも、小学校ではダメとか——極端な話、人と関わらなければこの相対的な問題は生まれない。

つまり青柳さんが言うように、高次脳機能の凹凸には絶対的な基準がないのだ。

「——それって、子育てにも『正解がない』ってことなのかな」

青柳さんは目を合わせず、お皿に運ぶスプーンを止めた。

「え……？」

「わたし、子育てには『親の能力』が露骨なまでに反映されると思ってるんだよね」

空気の流れが強い不安を纏っていくのを、はっきりと肌で感じる。

「経済力もそうだけど……許容力とか、包容力とか？　色んな情報を収集する能力もそうだと思うし、人生の守備範囲の広さ……って言えばいいかな。そういう違いも、かなり影響するんじゃないかって。もちろん危機管理能力とか、料理を含む家事能力とか、挙げるとキリがないんだけど……これって、申し訳ないほど子どもに影響を与えてると思うんだ」

止まっていたスプーンはようやく動き始めたけど、お皿のカレーには届かなかった。

働く母親がここまで子どものことを考えていれば、気の休まる時も場所もあるはずがない。それでも青柳さんはこれ以上、何を求めているのだろう。

そう考えてみると、青柳さんの眼瞼ミオキミアは、もしかすると息子の想くんに対する「子育ての不安」が原因ではないだろうか。

「だからなんとかしなきゃと思って、あれこれ育児書を読んだりして努力してたんだけど……こうすればいい、っていう『正解がない』って言われちゃうとねぇ」

やり場のない憤りとやるせなさが、まぶたのピクつきをより強くしていた。

間違いない。青柳さんの眼瞼ミオキミアを誘発していたのは、佐伯さんへの指導に対する不安だけではない。もうひとつ、息子さんの子育てに関する不安が隠れていたのだ。

「想くん、ですか」

「あら。名前、覚えててくれたの？」

「小学校五年生でしたっけ」

ようやくカレーを少し食べてから、ぽつりぽつりと青柳さんは話し始めてくれた。

「まぁ、今に始まったことじゃないんだけどさ――」


どうやら、小学校に入学してからというもの。

青柳さんが毎日確認しないと、想くんは提出物や持参する物を忘れることが多すぎるのだという。逆に、もらったプリントなどはランドセルの奥の方でしわくちゃのまま出し忘れ、もらったかどうかも忘れることがしばしば。それぐらいは「小学生あるある」だと思っていた青柳さんだけど、育児書を読むほどに困惑が増していったのは、もっと別のことだった。想くんは「いつもと違う」新しい物に対しては――それが食べ物、持ち物、洋服、場所やイベントなど何であれ――種類を選ばず、まずは問答無用の強い拒絶から始まるらしい。もちろん慣れるまでにはかなりの日数がかかるし、最後はどちらかというと「説得」や「交渉」になってしまい、正直なところ怒らないようにするだけで疲れ果ててしまうと青柳さんは言った。百歩譲ってそこまでは「性格」ということでなんとか納得していたものの、想くんは好き嫌いの域を超えた偏食も激しく、小学五年生になった今でも食事が飲み込めずに吐き出してしまうことがあるらしい。しかも小児科を受診する頃にはすっかり元気になっているので、毎回病院の先生への説明に四苦八苦。そして結局、胃腸炎などの「疾患ではない」と診察は五分で終わり、整腸剤を出されて帰されることを繰り返していた。挙げ句に最近では朝もなかなか起きられなくなってきたので、忙しい通勤の前に親子で大格闘。ところが去年あたりから、ようやく登校させても頭痛や腹痛を訴えて保健室に行ってしまい、結局は学校に呼び出されて連れ帰ることに——そんな想くんの「頭痛」や「腹痛」という症状を聞いて、もしかすると想くんにも何か「心身症状」が現れ始めているのではないかと感じた。それは咄嗟に、田端さんの「緊張型頭痛」や生田さんの「過敏性腸症候群」を思い出したからだ。

「あ……そういえば、青柳さんが最初にクリニック課を受診された時」

「そう。あれって、ちょうど学校の保健室から呼び出された時だったの」

「じゃあ想くんの方がクリニック課で、先生に診てもらった方が良かったのか」

受診の話が出ると、なぜか青柳さんの表情が曇った。

「……正直、ちょっと怖いんだよね」

「えっ？　先生がですか？」

「ううん、そういう意味で怖いんじゃなくて――」


なんと青柳さんは、さらに心理的な追い打ちをかけられていた。

小学校四年生あたりから、学校の成績に得意な科目と不得意な科目が目立ち始めていた想くん。そこへ最近、それほど仲良くもないママ友から「成績にバラつきのある子は、小児科で色々調べてもらった方がいい」と言われたというのだ。先生から高次脳機能の凹凸について説明を受けたばかりでもあり、青柳さんの不安は増すばかり。そこで思い切ってかかりつけの小児科に相談したにもかかわらず「小学生の精神的なものは専門ではない」と、話も聞いてもらえなかったらしい。仕方なく別の小児科を受診したものの、そこでも問診や診察はそこそこに、すぐに紹介状を書かれただけ。しかもその紹介先は、とある中規模病院の発達外来。挙げ句に受診しようにも予約は一杯で、最短でも半年後という状況だったのだ。


「発達外来？　想くんが、ですか？」

いつの間にかカレーを食べ終わっていた青柳さんは、ゆっくりとお水を飲んだ。

「森先生の話を聞いてから、最近は想にも何かそういう凹凸があるんじゃないかって思うんだけど……それが境界線や区別のはっきりしない、誰にでもあるものだと分かったつもりでいても……なんだか、病院を受診すること自体が怖くなってきちゃって」

青柳さんはまぶたのピクつきを抑えるように、ハンカチで目を覆った。

でもそれはきっと、涙が流れ落ちないようにしていたのではないだろうか。

「ごめんね、松久さん。せっかく楽しみにしてた、カレー祭りの日なのに……こんな話ばっかりしちゃって」

「えっ？　や、ぜんぜん――」

「でも、あれは本当だったんだね」

「――あれって？」

まぶたのピクつき以外、いつの間にか青柳さんは、いつもの青柳さんに戻っていた。

「松久さんは『話され上手』だってこと。つい、しゃべっちゃう雰囲気があるもんね」

「……その『話され上手』って、誰から聞いたんです？」

「最近、わりと有名よ？」

「え……」

痺れるような衝撃が膀胱に走った。このトイレに間に合わないかもしれないというレベルの切迫した危機感は、久しぶりだ。

「特別診療枠で問診を受けた人たち、だいたい言ってたもの」

なんということだろう。七年間も息を潜め、草食動物としてひたすら逃げ隠れしてきたというのに、たった数ヶ月で「わりと有名」になってしまうのはとてもマズい。

最初はそれが本当に好意的なものだったとしても、多くの場合はいつの間にか理由(ワケ)の分からない悪意や憎悪に置き換わるのが関の山。今までそのパターンをいくつも見て来たからこそ、高額な「有名税」は避けてきたというのに。

「や、それは……あれです。あの、ホント……聞いてるだけで、何もしてないですし」

「だから、言ったじゃない。聞いてもらうだけの役割っていうのも、けっこうニーズがあるんだって。実際わたしも、松久さんに話を聞いてもらったら少しラクになったし」

そう言って青柳さんはトレーを持ち、ひと足先に席を立った。

少しラクになったということは、一時的にでも抗不安役になれたということだろうか。

「ほんと、ありがとね。じゃ、わたしはお先に――」

この七年間、いつもなら挨拶を返して、この背中を見送るだけだった。

新人指導のお手伝いはできないし、子育てのお手伝いもアドバイスもできない。話を聞くだけでも入社した時からずっと、青柳さんは指導担当で、それで十分に合格点ではないだろうか。でも少しラクになったと言われたのだから、お姉さんで、時にお母さんだった人――そう考えた瞬間、信じられないことに青柳さんを呼び止めてしまった。

「あの、青柳さん――」

「ん？」

「――もし、良かったらなんですけど……私から、ちょっとご提案が」

またもや他人に干渉しようとしている自分に、自分でも驚いている。

ついこの間まで「出ない杭は打たれない」がモットーだった。でもそれは、興味を持つ距離に他人を入れなかっただけなのかもしれない。咄嗟に青柳さんを呼び止めたのは、まるで封じ込めていたものが、抑えられない衝動に駆られたかのようだった。

――青柳さんにしてあげられることは、きっとあるはず。

こんな気持ちになるのは、初めてかもしれない。

▽　▽　▽

今さらだけど、自分の言い出したことで人や物事が動くことに慣れていない。

企画だとか、プロジェクトだとか――もちろん自ら避けて逃げて生きていたということもあって、総務課の七年間ではまったく縁のなかったことだ。

「あの、先生……これ、ホントに大丈夫なんでしょうか……」

「ん？　クリニック課として、すべて必要なことだが？」

受付の後ろで対向島型に配置された四つの事務机は、言ってみれば株式会社ライトク総務部クリニック課という、本来のオフィス部分。

でも先生は一日のほとんどを診療ブースか処置ブースで過ごしているし、眞田さんも別室の薬局窓口とショーマ・ベストセレクションの棚が主な仕事場。医療事務としても受付カウンターを離れて後ろで作業をすることは、非常に少ない。

せいぜい診療報酬請求(レセプト)などの事務仕事をするか、お昼ご飯を食べたりコーヒーを飲んだりする休憩スペースになっているのが現実。この前うっかり眞田さんが、まだ患者さんがいるのにコーヒーを淹れてしまったのも、そういった背景からだ。

とはいえ。これほどの規模で、模様替えが始まるとは思ってもいなかった。しかもそのきっかけを作ったのが自分だと考えると、ここ数日はトイレが以前のように近くなって困っている。要は、この状況から体が逃げたがっているのだ。

「リュウさーん。こっちの配線、終わったよ」

「そうか。有線ＬＡＮのハブは足りたか?」

「大丈夫。どれも、１００Ｍｂｐｓ以上は出てるし」

「遅延(ラグ)は大丈夫そうか」

「シビアなＥスポーツの、格(かく)ゲーか撃ち合い(ＦＰＳ)ゲーじゃなきゃね」

「イカとタコがペンキを塗り合うヤツができればいいのだろう?」

「まぁね」

何を言ってるかサッパリ分からないものの。

四つの向かい合った事務机の島は崩され、それぞれ壁にくっつけられ、部屋に背中を向けて座る形で並べ替えられていた。これでは向かい合ってコミュニケーションを取るどころではなく、せいぜい隣の人と——と考えて、そもそも三人なのでこの形でもいいのではないかと不意に思った。

とはいえ。そのおかげで室内の中心部から窓側にかけて、広大な空間が確保された。そこへ先生と眞田さんが連日、せっせと色々な物を運び込んでいるのだ。

「あの……こんにちは」

ちょうどその最中、経理部の芳賀紅羽(はがくれは)さんが、怪訝(けげん)そうな顔で入って来た。

「あ、芳賀さん。今日は、どうされましたか？」

「またトイレが近くなってきたので、膀胱炎か診てもらおうと思ったんですけど……」

患者さんがやって来ると、先生と眞田さんはササーッと元のポジションに去って行く。するとこの状況を説明をするのは、すべて受付の仕事ということになるのだ。

「かしこまりました。すぐ、お呼びできますので——」

「模様替え、ですか？」

「……あーっと、はい。です、かね」

ここ数日、やってくる患者さんに必ず聞かれることだけど、それは仕方ないだろう。

ただ、日に日に皆さんの顔が怪訝そうになっていくのに、いつまで耐えられるだろうか。

「待合スペース、あそこに移動するんですか？」

振り向かず、愛想笑いを返すしかない。

「や……そういうワケでは、ないんですけどね」

先生が「クリニック課としてすべて必要なこと」と運び込んだものは、壁際に設置された大きめのテレビモニターとテレビ台。そこへ二台のゲーム機からブルーレイ＆ハードディスクレコーダーまで、様々な家電ガジェットが繋げられていた。床には直に座れるようカーペットが敷かれ、暖かみのある木製のローテーブルとキャラクターのクッションまで置いてある。窓際に置かれたカラーボックスには、毎日あれこれ運び込まれた大量の本――そのどれもが、書店の「小学生向け児童書コーナー」を彷彿させるものばかり。

これでは誰の目にも、お子さんがいる家庭の遊び放題リビングにしか映らないだろう。

「やぁ、芳賀さん。どうぞ、お入りください」

「あ、先生。こんにちは」

その視線は謎の「遊び放題リビング空間」に向けられながらも、芳賀さんがそれについて先生に聞くことはなかった。

「……やっぱり受付には『医師に伝えられない話を聞く』っていう役割、あるよね」

そしてなにごともなかったように診察は始まり、しばらくすると予想通り、膀胱炎を疑った検査と抗生剤の内服処方が出た。腎臓から尿路に異常がないことを確認済みの芳賀さんは、こうして何度か受診を繰り返している。先生のカルテには「一日の水分摂取量の確認を」と書いてあるけど、やはり芳賀さんも喉の渇きを感じにくい人なのかもしれない。

「お大事にしてくださいね」

診療報酬明細と処方箋を受け取りながら、最後まで何か聞きたそうな顔のまま、芳賀さんはクリニック課を後にした。

「さて、マツさん――」

「あっ、はい!?」

いつの間に診察ブースから出てきたのやら。まさかこの気配を殺して背後を取るスキルも、高次脳機能の一部なのだろうか。だとしたら本当に「何でもアリ」ということになってしまうのだけど、さすがにそれはないと信じたい。

「どうだろうか」

「……はい？」

おそらく先生の頭の中では、すでに会話は始まっている。この状況と前後の流れを考えると、先生が聞きたいのは――。

「いいと思います。小学生の男の子なら、これで十分かと」

「いや……最近マツさんの頻尿の頻度は、どうだろうかと」

ぜんぜん違った。でも、これを当てられる人なんているだろうか——と考えて、すぐに眞田さんの顔を思い浮かべた。コミュニケーション・モンスター兼、森琉吾（りゅうご）専用翻訳機と言えるのではないかと、最近では思っている。

「芳賀さんの頻尿は水分摂取を忘れることによる膀胱炎の繰り返しだが、その診察をしていてふと、ショーマが『マツさんの心因性頻尿が増えている気がする』と言っていたのを思い出したもので」

なるほど、まったく突飛な話ではなかったけど、もう少しヒントは欲しかった。

それにしてもさすが眞田さん、よく見ていらっしゃる。

「仕方ないです。先生の許可も取らずに……勝手に言い出したのは、私ですから」

「マツさんの判断は正しかったと思うし、それを許可したのでこうして準備しているのだから、何も気にすることはないと思うが」

社食で青柳さんを引き止めた時、込み上げるように勝手な言葉が口をついて出た。

——もし想くんの呼び出しがあったら、クリニック課（うち）を受診してもらえませんか？

いま考えても、手先が冷たくなって嫌な汗が出る。

おまえは医者か。

自分では何もできないくせに「きっとあの人ならできると思うから相談してみなよ」と言ってしまう、最低のあれ。そのクセすごくいいことをして、すごく人の役に立った気分になってしまう、最悪のあれ。なぜあの衝動を止められなかったのか、後悔で泣きたくなる。だからあれ以来、トイレの頻度は心因性頻尿の原理を知る前まで戻っていた。

「マツさんは、何を気にしているのだろうか」

「……どう考えても、先生に相談してからだったと思います」

ポカリスエットのペットボトルを傾け、先生は相変わらず一気にガボガボッと半分ぐらい喉に流し込んでしまった。

「では気にしていることが根本的な問題にならない根拠を、ひとつずつ説明しよう。まず、マツさんは診断をしたわけではない」

「……え？」

「素人判断で『きっとあの病気に違いない』と、青柳さんに告げたワケではない」

「ま、まぁ……そうですけど」

「それから『あの薬が効くから飲むべきだ』『こういう検査をしてもらうべきだ』と確証のない助言をしたワケでもない。ましてや『早ければ早いほどいい』と焦らせたワケでもない。『大丈夫だ問題ない』と無責任な安心を押しつけたワケでもない。ただ青柳さんに『受診してみてください』と言っただけだ」

「……や、でも」

「クリニック課の医療事務(コメディカル)が、クリニック課を受診してくださいと自信を持って言って、何を気に病むのか──人の心を理解することは、やはり難しいものだな」

逆に先生がしょんぼりしてしまい、何がどう正しいやら頭の中は大混乱だ。

「ですけど、先生……」

「自意識過剰の勘違いなら大変申し訳ないというか、滝に打たれて鎮めるレベルで恥ずかしい限りだが……俺が思うに、きっとマツさんはその時『うちの先生なら大丈夫』と？　信じてくれて？　いたのではないかと……まぁ、むしろ嬉しかったわけで」

「……え？　嬉しい？」

そこへ芳賀さんの処方を出し終えた眞田さんが、バーンと戻って来た。

「よーっし。続きやろう──って、なにこのビミョーな空気」

「どうということはない」

だいたい眞田さんはヤレヤレな顔をしてそれ以上は聞かないことが多いけど、今回はそれで流してはダメだと思う。巻き込んだ以上、キチンと謝っておかなければならない。

「あの……眞田さんも、すいませんでした」

「……何がです？　別に芳賀さん、ミスはなかったですけど」

「違うんです。その……私が勝手に、青柳さんと話を進めてしまったから……こんなことになってしまって」

「こんなこと？」

「その……こういう準備とか、いろいろと」

ちょっとよく分からないな、という感じで首をかしげられてしまった。

「別に、良くないですか？　社員さんのお子さんで心配ごとのある子なんですから、福利厚生としても社員の扶養家族としても、別に問題ないじゃないですか」

「や、なんて言うか……そうじゃなく」

「じゃあ、なにを気にしてるんです？」

ここまで迷いなくふたりから肯定され続けると、あのお節介な判断が正しかったのではないかと勘違いしてしまいそうで怖い。なんとしてでも、今回はこちらに非があったことを理解してもらわなければならない。何か、瞬時に言い返されないような理由は——。

「あ、あれです。えーっと、ほら……先生は、小児科でもないのに」

「小児科医だが？」

先生が表情ひとつ変えずにサラッと言うので、ショートフリーズしてしまった。

「は？」

「俺は小児科医だ」

「うそ——えぇっ!?」

どう考えても小児科の医師が、企業に新設されたクリニック課に課長として中途採用され、福利厚生部門としての社内クリニックを任される——それはあまりにもストーリーとして繋がらないというか違和感だらけで、それこそ道筋が凸凹すぎないだろうか。

「ちょ——や、待ってくださいね。え？　先生、本当に……小児科の先生なんですか？けど、なんで……今はクリニック課に？」

当たり前だけど、ライトクに十六歳未満の社員はいない。

小児科の先生が成人の患者ばかりが来る企業の社内クリニックで、診断や治療から会社健診の評価までこなせる上に、医療トラブルを起こすどころか社員からの評判は町の開業内科クリニックよりも良く、時には皮膚科、耳鼻科、アレルギー科の役割まで果たしてしまう——そんなことができるのだろうか。

「あー、リュウさん。確かにそれ、誰にも言ってなかったかも」

「誰にも？　ミツくんは知っているぞ」

「そうじゃなくて。社員の皆さんの一般的認識として、知っている人がいないってこと」

「聞かれなかったからな」

「ある意味『クリニック科』でいいような気はするよね」

開いた口が塞がらないとは、このことだろう。

先生に勧められるがまま、引いてきたイスにストンと脱力しながら座った。

「マツさん。俺は医学部に入学した時から、小児科志望だった。そのことは大学の小児科医局内にも早くから知れ渡っていたので、臨床実習では他の学生とは違い、研修医と一緒に病棟や外来を連れ回されたり、夜間救急外来の当直や血漿交換などの特殊な経験をさせてもらったりと、可愛がってもらったものだ」

なぜか唐突に始まった、先生の小児科医としての歴史。

何が何だか分からなくなった人は自律性を失い、牧羊犬に追われて小屋に誘導される羊のようになるのだと実感する。

「……はぁ」

でも聞きたいのは「なぜ小児科医がここまで成人を診ることができるのか」ということ。

そこで思い出したのは、高次脳機能の《例2》ニュアンス。

きっと先生は、まず「本当に小児科の先生なんですか？」という問いから順番に答えてくれているのだ。前後の文脈やニュアンスから「なんで今はクリニック課に？」の方に重きをおいて話して欲しいというのは、伝える側の「察してくれ」というわがままであり、伝達方法のミスだったのかもしれない。

「初期研修も大学病院を選んだので、『救急科』では小児科の三次救急外来に放り込まれることがほとんどだった。『麻酔科』でもなぜか小児外科の手術（オペ）や産科の帝王切開（カイザー）に優先的に入れてもらい、当然のように『地域医療』も大学の小児科医局関連の地域病院に回された。思い返せばあの教授、ずいぶん強権を持っていたものだが……結局は初期研修の二年間のうち、ローテーション一年目にある『内科』の六ヶ月を除けば、すでに小児科医局に在籍していたようなものだったな」

想像していた研修医の実態とは、かなり違うものだった。研修医制度にはサッパリ詳しくないけど、こんなに教授の好き勝手にできるものなのだろうか。

なにより研修医の実態を直接聞く機会なんて、本で読む以外にはない。こういうリアルな話は、自分がそこにいる設定の想像が膨らむので大好きだ。大手の有料配信動画でも、海外ドラマや映画より、ドキュメンタリー系を優先して観ることが多い。

「本当に、最初から筋金入りの小児科だったんですね……」

「もちろんすべての研修施設がこれに当てはまるワケではなく、俺の大学の方が異常だと思う。ただ『大学の医学部』というところは、想像以上に各科の教授のパワーバランスが露骨だ。自分が『学年担当』する医学部生が留年確定の不祥事を起こしても、教授会で地位と権力を持っていれば、他科の教授への電話一本でうやむやにすることもあった」

「えっ！　そうなんですか⁉」

「申し訳ない。話が脱線した」

「や、別に大丈夫です。ぜんぜん気にしないでください」

「そのあとはご存じのように——」

この超絶気になる話を無意識におあずけしてくるとは、なんという調教師気質。

今度こそちゃんと言語化して伝えたと思ったのだけど、確かに「気にしないでください」と言っただけで「続けてください」とは言っていない。これは決してヘリクツではなく、厳密に言語化された事実。なんとも言葉は、うまく伝わらないものだと痛感する。

「いやいや、リュウさん。奏己さん、ご存じじゃないから」

そこで話を戻してくれる眞田さんは、最高のコミュニケーション・モンスター。どうがんばっても、ツッコミで眞田さんに勝てる日は来ないだろう。

「……そうだったな」

「いい機会だから、教えてあげなよ。今日の予約枠はぜんぶ閉じて、駆け込み受診の対応だけにしてるんでしょ？」

来るならきっと今日に違いないと踏んだ先生は、何を思いきったのか予約枠を閉じてしまっていたのだった。

「しかし俺の略歴話など、退屈ではないだろうか」

なんで今はクリニック課に？　という話は、もう明日でもかまわない。このあと先生がどういう超展開を繰り広げていくのか、聞きたくてたまらなかった。

「や、あの……聞きたいです、はい」

「そ、そうか……なら」

ここで少しだけ照れる理由は分からないけど、ちょっと可愛いと思わせてしまうあたり、本当に先生は無自覚な調教師なのかもしれない。

「初期研修が終わると、すぐに俺は大学の小児科医局に入局し——」

そこからは、想像以上に超展開だった。

大学の医局に入局した先生は、予想のはるか上を行く驚愕（きょうがく）の「無給」からスタートしていた。その理由は「大学の教職員ではない」という謎理論。確かに「大学の小児科学講座」に入局＝管理されて所属はしているものの、いわゆる教育機関としての「大学」から役職をもらって入職しているわけではない。そのため給料は、その小児科医局が確保している関連病院へ出張するという形で稼ぐ、小児科新人医師としての「アルバイト代」がすべてだったという。つまり今はどうあれ先生の大学では、医学部附属病院の医局に入局するということは「勉強させてやっているのだから、基本無給な。でもそれだと死んじゃうから、関連病院でバイトさせてやるよ」ということだったのだ。そうやって新生児集中治療室（NICU）や小児集中治療室（PICU）、小児科一般病棟から夜間救急外来、もちろん各地域の関連病院への派遣を繰り返したあと、そこからは先生らしいというか、ちょっと異例のルートを辿っていた。小児科の中でも専門性を高めるため、国立研究所のひとつへ「国内留学」に出されたのだ。でもこれは、入局三年目の小児科医としては異例中の異例。普通は五年目でも早い方で、十年目ぐらいから大学での専門分野——たとえば小児血液がん、小児内分泌代謝、小児神経など——を担うために出されることが多いらしく、逆に希望しても出してもらえるとは限らないらしい。先生の場合、学生の頃から可愛がってくれていた恩師と仰ぐ人が医局内でも影響力の強い医局長という立場もあり「一緒にやらないか」と誘ってくれたことで実現したらしい。

「すごいですね……先生、めちゃくちゃ期待されてたんですね」
「どうだろうか。結局その意に反して、大学を辞めてしまったので」
「あ、そうでしたね」

二年間の国内留学の後。大学に呼び戻された先生は小児科医局で「助教」という役職を与えられ、ようやく月給という形で生活できるようになった。ところが今度はその大学としての役職があるばかりに、医療だけに専念するわけにはいかなくなった。医学部の学生さんや医療系関連学校の講義、その試験問題作り、臨床実習の指導、研修医の指導、学会発表に論文作成、大学の専門委員会から学会地方会の役職など、聞いているだけでめまいがしそうな業務内容を山ほどこなしていた。

「それって……体、壊しませんでした？」

なにごとにも集中しすぎてしまう先生が、それらの仕事をすべてこなしている姿を想像すると、破滅的な光景しか目に浮かばなかった。

「ちょうど、その頃だ。ショーマが、関連病院の提携薬局にいたのは」

「リュウさん、あれを続けてたらマジで死んでたよね」

机の角に腰掛けたまま、眞田さんは腕組みをして大きなため息をついた。

「俺が大学を辞めるきっかけをくれたのが、ショーマで……あとは、ご存じの通りだ」

「えー。まだ言ってないこと、あると思うんだけど」

「ないが？」

「真剣に言ってんの？　今回の青柳さんのことと、超関係あるでしょうよ」

「……ん？」

ヤレヤレと首を振って、眞田さんが付け加えてくれた。

「リュウさんは大学を辞めたあと、東京のとある区の教育委員会で、就学支援委員会の評価医師を委託されてたんですよ」

「教育委員会⁉」

以前に聞いた「厚生労働省の研究班」の話だろうとばかり思っていたら、とんでもない隠し球が飛び出してきた。どこまでが本当の話か分からなくなってきたけど、少なくともこのふたりは絶対にウソをつく人たちではないから困ったものだ。

「え、待ってくださいね……それは、先生が小児科医だから……ですか？」

「前任者は、普通の開業小児科医だったらしい。ただ教育委員会の担当者が俺に声をかけたのは、おそらく専門が【小児神経学】で、どうしても【児童精神医学】や【発達心理】とは切り離せない学問だということを知ったからだと思う」

小児神経学がどういうジャンルの小児科か想像はつかないけど、その字面から小児の脳や神経の専門家に違いない。そして脳が関与する以上、子どもの精神や発達や心理とは切っても切れない関係だということなのだろう。

「……先生、ガチガチの小児科じゃないですか」

「だからさっき、小児科医だと」

そこでようやく、疑問の原点に立ち返る事ができた。

「あっ、そうだ！　そうですよ、先生！」

「な、なんだろうか……急に」

「そんなガチガチの小児科の先生なのに、なんで大人の病気も診れるんですか⁉」

そう言ってから、これはちょっと食いつきすぎたと遅れて恥ずかしくなった。あまりにも先生の経緯に飛び道具が隠されすぎていたので、つい我を忘れてしまったのだ。

「マツさん。ガチガチというのは、どういう」

「リュウさん。今、それはいいんだってば」

「そ、そうか……?」

なんとなく納得できないような表情を浮かべた先生だけど、疑問には即答だった。

「マツさん。子どもは、大人の縮小版ではない――」

ただ、まったく意味は分からない。

「――これは医学部の学生に小児科の講義でも必ず言うことだが、子どもを形成するシステムは、体や臓器から心の構成まで、すべて大人のそれとは異なると考えてもらわなければならない。もし『電子カルテが薬の処方量を自動で計算してくれるから大丈夫』だと思っている医者がいるとしたら、いずれどこかの子どもと家庭を不幸にする可能性がある」

それが大人の病気も診られることに、どう繋がるのだろうか。

「しかし極端な話、『成人は小児の延長』と考えても、一般診療にそれほど支障はない」

「それって……逆は成り立つ、ということでしょうか」

「小児科では感染症、アレルギー、呼吸器、消化器はもとより、血液疾患や心疾患、内分泌や腎臓泌尿器疾患に脳神経疾患、果ては転倒打撲から乾燥肌やよだれかぶれなどの皮膚管理、そして虐待まで――予防接種や発達健診も合わせれば、小児科の看板を掲げている限り、十六歳未満の子どもたち『人間に起こるすべての傷病』を診なければならない」

「あ……そうですよね」

確かにゼーゼーするからといって、呼吸器内科はあっても、呼吸器小児科はない。あれは耳鼻科へ、これは皮膚科へ――ぐらいはよく聞くけど、意外に保育園で転んでたんこぶができたからといって、最初から整形外科を受診するお母さんは少ないかもしれない。

思い出してみれば「足が痛い」「虫に刺されてひどく腫れた」「乗り物酔いする」「爪が割れた」と、自分も何かといえば近所の小児科に連れて行かれた記憶がある。

「だから『大人特有の頻度の高い疾患』――たとえば高血圧や高脂血症などについては文献やガイドラインを元に、日々の診療で『上書き』勉強をさせてもらっている最中だ。もちろん癌や悪性難治の疾患にはまったく対応できず知識も乏しいので、少しでも気になることがあれば、すべて専門医に紹介させてもらっている」

ひと思いに話したせいか、先生はペットボトルに残っていたポカリスエットを、すべて飲み干してしまった。

「てことで、奏己さん。了解です？」

「あ、はい……り、了解しました」

「青柳さんの息子さん、むしろクリニック課で診せてもらって正解だと思いませんか？」

「です、ね……」

「あれ？　まだ何か、引っかかることがあります？」

本当に眞田さんには、何も隠せないのかもしれない。

「や、些細なことなんですけど……なんで今日、来ると思ったのかなって」

それには、自信を持って先生が答えてくれた。

「木曜日だからだ」

「……はい？」

やはり、ちょっと何を言ってるか分からない——と思った瞬間、ウソのようにクリニック課のドアが静かに開いた。

「あの、すみません……お言葉に甘えて、本当に連れてこさせてもらいましたけど……」

木曜の午後十二時四十五分。

そこには申し訳なさそうな青柳さんと、その陰に隠れるようにランドセルの男の子が所在なく立っていた。

「はい。こんにちは、想くん。小児科の森でーす」

危うく「誰？」と口に出してしまうほど、先生はまったく別人の口調で満面に笑みを浮かべ、青柳さんの息子さんに軽い調子で手を振っている。

その聞き慣れない口調と、見たことのない朗らかな表情——それはクリニック課の森琉吾から、小児科の森琉吾に切り替わった瞬間でもあった。

▽　▽　▽

来客とは言えないので、お茶を出すのは明らかにおかしい。

かといって患者さんと言うには想くんの顔色は良く、見た感じは元気そうだった。

「どうぞ。ふたりとも、こちらへ座って」

完成したばかりの——まずい、ここを何と呼べばいいのか、まだ聞いていなかった。

ともかくローテーブルを挟んで、青柳さんと想くんに向かい合って座った先生。白衣と聴診器がなければ、今から診察をするようにはとても見えない。

そもそも青柳さんは学校の保健室から「想くんの具合が悪いから」と呼び出され、早退も半休も許してもらえなかったので「外出扱い」で急いで迎えに行ったのだ。少なくとも診察ブースに呼び入れるか、何か検査でもするものだとばかり思っていた。

でも考えてみれば、それならこの空間は何のために作ったのかということにもなる。おそらくすべては、先生の経験と推測に基づいた「計画」の一部にすぎないのだろう。

「こんにちは。小児科の森です。想くん、今日はどうしたの」

ぽかんとした青柳さんは、たぶん同じことを考えていると思う。

先生はなぜ「小児科」を名乗るのかと。

「それが――」

しかし、そこは青柳さん。そのことについて、今すぐ聞く必要はないと瞬時に判断。まるでここが、最初から小児科だったかのように話し始めた。

「――今までも『頭が痛い』とか『お腹が痛い』とか、そういうことで保健室に行くことは結構あったんです。でも四年生になってから、その頻度が増えてしまって……今では、だいたい週に二回ぐらい」

「五年生になってからは、必ず『木曜日』に症状が出ませんか？」

やはり先生は、なぜか木曜日に謎の自信を持っているようだった。

「言われてみれば、そうかもしれませんけど……」

「今日は『お願いした物』を、ご持参いただけましたか？」

青柳さんがカバンから取り出したのは、A4の紙切れ――時間割表だ。

「なるほど――」

それにザッと目を通すと、先生はまたニッコリと笑顔を浮かべていた。

「――前にお話しされていた想くんの苦手な科目というのは、もしかして『理科』と『家庭』ではないですか？」

「え……それ、お伝えしましたっけ？」

「いえ。お伺いしていたのは『いつどんな症状が出たか、いつ呼び出されたか』だけです。カルテの記載を見返すと、その日付がどうも木曜日を含んでいることが多かったので」

ここで先生の「書きすぎカルテ」が生きてきた。

先生はいつも言っている——カルテとは本来、処置や処方の記録を残しておく診療明細書ではない。過去の経過を見返して現在の症状にフィードバックし、これからの症状変化予測と診断評価の修正に役立てるものだと。

その結果、得られた情報が木曜日。

それが「理科」と「家庭」に繋がる理由は、わりと簡単に想像できた。

「そうです……この子が特に苦手なのは、理科と家庭科です」

先生は時間割を返しながら、満足そうにうなずいた。

「月曜から金曜の時間割で木曜だけに特徴的なことは、理科と家庭の二教科が同時にあること。しかも、一時間目が理科です。さらに家庭は現状、五年生から始まる科目ですから、中には『なんの勉強をしているのか分からない』と戸惑う子どもたちも多いですし」

「……まったく気づきませんでした」

青柳さんは口に手を当てたまま、改めて時間割表を見直していた。

「苦手な理科が朝一番に待ち構えている学校なんて、考えただけで憂鬱(ゆううつ)だと思いませんか。しかもその後、家庭もあるわけで」

「じゃあ、想が学校に行きたがらないのは」

「それから、想くん。もしかして、体育のある火曜日もキライじゃないか？」

想くんは下を向いて黙ったまま、青柳さんのスマホをいじって返事をしなかった。

それはそうだろう。学校にお母さんが迎えに来たと思ったら、家に帰らずいきなり会社の怪しい部署に連れて来られたのだ。しかも想くんは確か「いつもと違う」新しい物に対しては――それが食べ物、持ち物、洋服、場所やイベントなど何であれ――種類を選ばず、まずは問答無用の強い拒絶から始まるのだと、青柳さんは言っていた。

ならばこの状況、そのすべてがそろっていないだろうか。

「こら、想！　ちゃんと先生の話を――」

「青柳さん、大丈夫です。想くんは、ちゃんと聞いてくれています」

「えっ？　でも……」

「スマホをいじるでも、目を逸らすでも、何でもいいんです。人間には嫌な気分になることを聞かされたり、嫌なものを見なければならない時がどうしてもあります。そんな時、子どもたちには『逃げ場』があった方がいいんです」

「逃げ場？」

「切り替え(スイッチング)、と言ってもいいです」

「でもそれじゃあ、ちゃんと人の話を聞いてないことに」

「なりません。まずその話が自分にとってどういう話なのかを聞いて判断しながら、嫌な感情が湧いてきたら切り替え先に五感を逃がします。時には複数のメディア――たとえば動画、メッセージアプリやゲームを同時に起ち上げながら、宿題をしている子もいます」

「そんな器用なこと……気が散って」

「今の子たちには普通にできます。果たして動画を流し見ながら勉強できるのか、メッセージアプリや通話をしながら宿題ができるのか――もちろんデジタル・ネイティヴ世代に育てられた次の世代の子どもなら、誰でもできるとは限りませんが、少なくとも我々『一、二世代古いテクノロジー』の大人よりは確実に処理できていると感じます」

実は今、この話を聞いて軽くショックを受けている。

デジタル・ネイティヴ世代と言われるのは、1990年代から2000年代に生まれた世代で、インターネットがようやく普及し始めた時期。でもすでに2000年代も二十年以上が経過しているということは、想くんはデジタル・ネイティヴ世代の次の世代なのだ。

「……確かにわたしは、いまだにSNSの使い方も、想に教えてもらってばかりですね」

「ただし一定時間での情報処理量が昭和や平成の比ではないので、今の子たちはとても疲れやすいですし、情緒に対する負荷が強すぎてデリケートになるという一面もあります」

「なんとなく、それは分かるような気がしますけど……」

そこでようやく、先生は話を想くんに戻した。

「ちなみに想くん、体育はどう？　好き？　嫌い？　どっちでもない？」

「……きらい」

「お。じゃあ火曜日も学校に行くの、イヤじゃないの？」

「まぁ……休んでいい時もあるから」

「学校を？」

「体育」

いつもと違う新しい物に対して、まずは問答無用の強い拒絶から始まる想くんが、スマホをいじったまま初対面の先生の言葉に返事をした。

これには青柳さんも、かなり驚いている。

それに気づいた隣の眞田さんが、ふたりの会話をぼんやり眺めながら教えてくれた。

「奏己さん。リュウさんて、なぜか子どもと動物には懐かれるんですよ」

「そうなんですか？」

「警戒心の超強いうちの子も、不思議と初対面から威嚇しませんでしたし」

「生まれながらに、小児科向きなんですかね」

「や。たぶん、ずっと小児科をやってるうちに会得した『何か』じゃないですかね。リュウさん昔は、めちゃくちゃ破天荒さんだったらしいですから」

もの凄く気になるけど、その破天荒エピソードはまた今度ということで。

「想くん。今日は学校で、どんな感じになったの？」

「えー？」

想くんに何か言おうとする青柳さんを、先生が首を振って無言で止めた。

相変わらずスマホをいじったまま、先生と視線を合わせることのない想くん。でも少しずつだけど確実に、会話は進んでいるのだ。

「なんでもいいよ。思ったまま言ってくれれば」

「……えー？」

しばらく、沈黙が流れる。

それが息苦しさに変わる前に、先生の方から切り出した。

「前にお母さんから聞いたんだけど、今日もお腹や頭が痛くなったの？」

この絶妙なタイミングと空気を読んだ感じは、とても先生とは思えない。

「……おなかが、いたくなった」

「あ、それで保健室に」

「別に」

「え、違うんだ。じゃあ下痢とか、吐いたりしたから？」

「別に」

ぶっきらぼうで淡々とした、会話とも言えない言葉の応酬だけど、確かに想くんの症状経過の問診になっているから驚きだ。

「それは良かった。お腹が痛い他には、何かあった？」

「……頭の中が、気持ち悪くなった」

一瞬、その表現に三人の大人が同時に動きを止めた。

頭の中が「気持ち悪い」とは、どういう状態を表したのだろうか——でも先生は、その表現をそのまま受け入れて話を進めるようだった。

「そうか。それで、保健室に行ったんだ」

「うん」

「なるほどねー。今は、どうなの」

「別に」

「あ、もう大丈夫？　今は、頭の中は気持ち悪くない？」

「……うん、まぁ」

短い言葉ながら、そうやって会話は続いている。

これが「小児に対する問診」というものなのだろうか。

「青柳さん——」

「あっ、はい！」

言葉は少ないものの、初めて会う先生に淡々と返事をする想くんに、青柳さん自身も見入っていたようだった。

「――今まで想くんが『頭の中が気持ち悪い』と言ったことはありますか？」

「時々、言ってましたけど……てっきり『頭が痛い』ことを言っているのだとばかり」

「いくつぐらいの時からです？」

「やっぱり、五年生になってから……ですかね」

「なるほど。頭の中が気持ち悪い、か」

さすがにこれは、先生ですら思い当たる症状がなかったらしい。

「先生、やっぱり想のこういうのも……高次脳機能の凹凸なんですかね」

その言葉を聞いた先生は、小児科の顔からいつもの顔にスッと戻った。

「発達心理において明確に境界線が引ける時代は終わったのではないかと、個人的にはそう思いながら、日々の診療にあたっています」

「前に言われていた『境界線のない連続体（スペクトラム）』というヤツですよね」

「もちろん明らかに日常生活に支障をきたす、極端なレベルは別です。ただその『日常生活に支障をきたすレベル』も、周囲の状況で変わってきますけども」

都会の希薄な人間関係では生きづらくても、地方なら違うかもしれない。逆に地方の密な人間関係が煩(わずら)わしくて辛い人には、都会の方が合っているかもしれない。

それは、大人にも当てはまることではないだろうか。

「青柳さん。そもそも小児の精神発達や児童心理に関する医学的研究と理解の歴史は浅く、初めて学術的に『児童精神科医学』の講座が独立して開設されたのは２０１０年です」

「え……そんなものなんですか？」

思った以上に、ずいぶん最近のことだった。巷(ちまた)であれこれ言っている人たちは、そのあたりもちゃんと理解した上でのことだろうか。

「しばしば耳にすることの増えた『自閉スペクトラム症(ASD)』ですら、診断基準が明記されたのは２０１３年。国連で採択された『個人に必要とされる合理的配慮が提供されること』という条約ですら、日本が批准したのは２０１４年です」

「……子どもたちに対する考え方や接し方は、どんどん変わっているんですね」

「その通りです――」

とても嬉しそうなくせに、先生はいつものように口元だけに笑みを浮かべていた。

別に「小児科の森琉吾」が嫌なワケではないけど、いつもの先生に戻ったようで、なんとなくホッとしてしまった。

「――それ故、たとえ小児科医であっても『細分化された専門分野』を理由に、そのことをアップデートできずにいる小児科医がいるのも事実です」

「あぁ……なるほど」

それは青柳さんが今まで町の小児科で、ある意味「たらい回し」にされてきたことに対する、先生なりのフォローだったのかもしれない。

「ひゃあ――」

思いきり集中している時、いきなり受付の内線が鳴るのは反則(ファール)だと思う。

「――す、すいません！　はい、総務部クリニック課です！」

慌てて取った受話器の向こうは、昔からあまり好きになれない人の声だった。もちろんその内容も今は好ましくないけど、だからといって「ちょっと立て込んでますから」と断れるものでもない。そもそも、本人の携帯に電話する前に、クリニック課(うち)に電話して受診しているか「裏を取る」という、その発想自体が好きになれない。

仕方ないけど、保留ボタンを押して青柳さんを呼ぶしかない。

「すいません、青柳さん……あの、課長が……」

「あー、そっか。そうだよね、わたし『外出扱い』だもんね」

急な話とはいえ、子どもさんの体調のこと。早退や半休をあげられなかったのだろうか。

渋々と腰を上げた青柳さんに、なぜかこちらが申し訳なくなりながら受話器を渡した。

「はい、青柳です。はい、はい……あ、はい……すいません、戻ってます……今、クリニック課で診てもらってる最中で……はい」

そんな青柳さんの様子を見ながら、なんと想くんの方から先生にポツリと話しかけた。

「……薬、飲むの？」

「ん？　いや、たぶん飲まなくていいんじゃないかと思ってる。ただ、頭の中が『気持ち悪い』って、何だろうなって」

「……分かんない」

「だよね。俺も分からないし」

「じゃあ、もう帰っていい？」

「どうだろう。お母さん、まだお仕事が終わってないみたいだし……いつもは、どうしてんの？　鍵をかけて、家でひとりで待ってるの？」

「えー？　じどうクラブ」

「学校の体育館？」

「となりの公民館」

そこへ、青柳さんがため息をつきながら戻って来た。

「すいません、先生。どうしても、総務に戻らなきゃできない仕事があって」

「あ。どうぞ、どうぞ」

「いや、あの……」

「いつもは近所の公民館の、児童クラブなんですよね」

「……想が、そんな話まで先生に？」

「ですから想くんは、お仕事が終わるまでここでお預かりします」

「えっ⁉　まさか、この空間は――」

「小児科医のいる、安全な児童クラブだと思ってください。法令では、子どもひとりあたり畳一畳のスペースがあればいいとされていますので、広さは十分だと思います」

学童保育は、ひとりあたりだと意外に狭くてもいいらしい。

その前にこの空間設営にかかったお金、誰が出したのだろうか。

「ここで宿題をしてもいいですし、用意しておいたゲームで遊んでも、本を読んでもいい。ちなみに私は放課後児童支援員の資格を持っていますので、そちらもクリアです」

「えぇ――っ！」

恥ずかしながら、また誰よりも先に声をあげてしまった。

でも先生なら、そういう資格を徹底的に持っていそうで怖い。実はこっそり、保育士とか教員の免許とかも取得していないだろうか。

ともかく、驚いたのは青柳さんも同じ。

正直、先生のどんな話を聞いても驚かないのは、眞田さんだけだろう。

「そんな、先生。ここは、クリニック課ですよ？」

「感染対策については、大丈夫だと思います」

「いえいえ、そうじゃなく。先生には、大事なお仕事があるんですから」

その時、クリニック課の入口が開いた。

「あのー、こんにちはー」

「ほら、先生。患者さんが――」

入口から顔をのぞかせた女性を見て、青柳さんがフリーズした。

「ご心配なく。私の指示の下、彼女に学童指導員をお願いすることにしましたので」

そこに立っていたのは、介護ユニフォームみたいなオレンジのポロシャツに濃紺のジャージ姿をした、総務課で青柳さんが指導していた、あの佐伯さんだった。

「初めまして、佐伯です！　何でもがんばりますので、よろしくお願いします！」

とりあえずこの人選には、青柳さんとそろって開いた口が塞がらなかった。

先生はいったい、何を考えているのか。そもそも、どうやってあの吉川課長から佐伯さんを借り出せたのか――何が何だか、サッパリ分からなかった。

▽　▽　▽

狙ったわけではないのだろうけど、患者さんの受診はそこそこ続いた。

もちろん途切れることはあるので、その時は先生がソッコーで診察ブースから出てくると、何の違和感もなくスルリと想くんと佐伯さんの間に座り込んでいた。宿題をみてあげたり、逆にゲームを教えてもらったり、いったい何がどういう形になれば「学童保育」として成立するのか何も知らない身としては、ちょっと興味を惹かれてしまう。

お世話になった青柳さんのお子さんということもあり、自分もそこに交ざってみようと近づいてみたものの、インパラ・センサーもビックリの感度で想くんの表情が硬くなった。

そのくせ佐伯さんは先生の見込み通り、最初から空気のように想くんの隣に座ることを許されていた――というより佐伯さんの「人の気持ちは関係なし」の距離感が逆に功を奏したのか、そのうち想くんも「この人はそういうものか」と諦めたのかもしれない。

冷静に考えてみれば、佐伯さんの「仕事」以外の一面を誰も知らなかったのだ。

「えーっ！　それ、マジで⁉　すごくない⁉　どうやったら、そんなことできんの？」

「だって、全部プラスとマイナスだから」

「はぁ？　なにその謎理論、天才じゃない？　フツー、絶対できないって」

「……そうかな」

人間には「パーソナル・スペース」という、人に入ってもらいたくない物理的距離が何種類かあると、先生から聞いたことがある。もの凄く納得したので覚えているのだけど、確かその区分は――45㎝以内が、親密な関係に許される「密接距離」。45㎝～1.2ｍが、友人や知人レベルでギリギリ手を伸ばすと届くか届かないかの「個体距離」。個人差も含めて1.2～3.5mが、相手の体には触れられないけど、接客や会議などで相手の表情や細かい変化が分かる「社会距離」だったはず。

だとすると佐伯さんと先生は、すでに想くんの「密接距離」に入れさせてもらえていることになる。

正直、ちょっと悔しい——そう考えてから「誰かと競う」という発想や「悔しい」という感情自体、何年ぶりだろうかと自分でも驚いてしまう。

「あー、はいはい。それ、あるよねー。あたしも、小学生の頃からあったもん」

「へー」

「いやいや、これマジよ？　小四ぐらい？　忘れたけど、今でもその感覚あるし」

「オトナなのに？」

いったい、何の話をしているのだろうか。

とりあえず宿題は終わったみたいだし、ゲームもちょっと飽きたみたいで、ふたりして壁にもたれて並んで座り、ジュースを飲みながら同級生かというほど話に花が咲いている。

そんなことをモヤモヤ考えながら受付をしていたお陰で、今日はお釣りを三回も間違えてしまった。これを先生に知られたら、自動精算機の導入を真剣に検討されてしまう。

「お大事にしてくださいね」

「松久さん……あれって、何やってるんです？」

本日六回目の質問を、法務部の岸谷さんからいただいた。

でも至極まっとうな疑問だし、別にやましいこともしていないので素直に答えられる。

「何て言うか……学童保育？　そういうヤツの、臨時版的な」

「えっ！　クリニック課で、学童もやってくれるんですか⁉」

「や、あの……あれですかね、私もまだよく分かってないんですけど……お試し的な？」

「えー、トライアルなんですか。空きがあれば、うちも頼みたいと思ったんですけど」

「あれ？　でも、岸谷さんのお子さんって……」

「来年、小学生なんですよ」

「……え？」

早い、早すぎる。他人のお子さんの成長を聞くたびに、どれだけ自分が止まったまま歳だけ取っているのかと、恐ろしくなってしまう。

「例の『小一の壁』ってヤツで、どうするか困ってたんですよ」

「……なんですか、そのショウイチって」

「保育園と違って登校時間も出勤より遅いですし、学校から帰って来る時間は早いし。かといってひとりで帰宅させるのも、留守番させるのも危ない歳ですし、学童は延長保育もなく、閉まる時間も早いから迎えが間に合わないどころか、そもそも空きがないという」

「みなさん、そんなに苦労されてるんですか？」

正直、結婚が想像できないのだから、子育てなんてそのまた向こう側。でも岸谷さんがこれだけ一気に吐き出すということは、みんなかなり困っているのではないだろうか。

「ここだけの話。法務でも、そろそろそれを理由に退職者が出そうなんですよ」

「え……その、ショウイチの壁ってヤツのせいですか？」

「あの、松久さん――」

「は、はい！」

急に岸谷さんが、真面目な顔を近づけてきた。

「――卑怯者だと罵（ののし）ってもらってもかまいません」

「はい……？」

「もしですよ？　もし本格的に『社内放課後児童クラブ』の話が進むようなら、真っ先に教えてもらえませんか。真っ先に」

「や、あの……私も、よく分かってないですし」

「じゃ、よろしくお願いしますね」

そう言って岸谷さんは、なぜか「のど飴」を一個カウンターに置いて去って行った。

これはもしや、ワイロというやつではないだろうか。

「マツさん、お疲れ様。岸谷さんで、最後だろうか」

「あ、はい。駆け込みの電話は入ってませ――」

「お疲れ様でしたーっ！」

青柳さんの言うとおり、佐伯さんの間の悪さというかタイミングの読めなさは、かなりのものだと思う。でもこの先生とは違う種類の距離感のお陰で、想くんとは無難に——というか、むしろお互いラクに過ごせていたのだから、必ずしも悪い物と決めつけることはできないだろう。

「佐伯さんも、お疲れ様」

「いやいや、先生。全然、疲れるとかないですって。あたし的にもマジで今日は、遊んで過ごせて超ラッキーだったんで、またこういうお手伝いがあったら教えてください」

「もちろん——」

一応、佐伯さんは総務課所属。

そんな安請け合いをして、大丈夫だろうか。

「——その時はまた、ミツくんに頼んでみる」

そうだ、先生にはその「必殺技」があったのを忘れていた。

たぶんそれが卑怯なオトナのやり方だと意識することもなく、先生は無自覚に直接社長に、しかも気軽に電話でもして聞いたに違いない。

いつか「それはちょっと順番的にナシですよ」と、先生に言える日は来るだろうか。

「ありがとうございます！」

もちろん佐伯さんは、そんなオトナのヤリトリを知らなくていいと思う。

「それよりそのウェア、肌触りは悪くなかっただろうか」

そしてこのオレンジの介護ウェア的なポロシャツも、先生が個人的に調達したらしい。

「これ、めっちゃ好きです。これで寝たいです。あたしこういう感じの生地でないと、何か着てるだけでイライラするんですよね。普通に売ってる服だと」

肌触りという言葉を聞いて、ふと思い出した。もしかすると佐伯さんは五感のうち、「触覚」に対して敏感というか、強い好き嫌いやこだわりがあったのではないだろうか。それがあの服装選びに、多少なりとも影響していたのかもしれない。

「そうか。それは良かった」

「え？　そういうの、よくあるんですか？」

「誰にでもある、ごく普通のことだ。それより、チェック項目はどうだっただろうか」

「あ、はい。全部埋めました」

「……全部？」

「はい！」

佐伯さんはポケットで折れてしまった手のひら大のメモ帳を、得意そうに差し出した。

まさか青柳さんに代わって、先生が佐伯さんを指導していたのだろうか。

「すごいな……これを全部、あの時間で聞き出したとは」

「いや、別に普通に話してただけですよ」

「……そうか。普通に、か」

「でも想くん、すごい子ですね。あれって、天才じゃないですか？」

「なぜそう思う？」

「だって、あれですよ？　プラモ、設計図を見ずに組み立てられるんですよ？」

「えぇ――っ！」

また誰よりも先に、声が出てしまった。

毎回恥ずかしいので、なんとか制御できないだろうか。

「ね、すごくないですか？　松久さん」

「えっ⁉」

誰に話を振るかも、前ぶれなし。敷居もハードルもなく、佐伯さんは自分も話の輪に入ってくるし、人も引き入れる。これを「フレンドリー」と見るか「ウザい」と見るか、実は佐伯さんではなく周囲の人間が決めていることなのだと、改めて実感した。

それなのに「私はそういうのは苦手です」と言葉にもせず、かといってそう口にするのは「自分が気まずい」から「察してくれ」というのは、もしかすると人の傲慢(ごうまん)ではないのかとすら思った。そしてそんな自分の勝手な気持ちを「常識的に」などという言葉に置き換えて、相手がそれを察することができないからと集団から弾(はじ)き出したり、ましてやイジメや陰口の対象にするのはどうだろうか。

「設計図を見ずに……なるほど、かなり視覚入力と立体構造認識が強いのだな」

「あと、あれです。『頭の中が気持ち悪い』ってヤツは、簡単でしたよ」

「そういえば、ここにはそれが書いてないが」

「だってその感じ、あたし分かりますもん」

今度は何とか「えぇ――っ!?」と口には出さなかったものの、佐伯さんがそこまで想くんと同調(シンクロ)できていたとは、驚きを越えて尊敬に近い。

「佐伯さんにとって、あの『頭の中が気持ち悪い』という感覚は何なのだろうか」

「あれは『クッソ嫌なこと』が、急にぶわーって思い出した時の感じですよ」

その大人げない表現など気にもせず、先生は別のことに興味を惹かれていた。

「急に？　前ぶれもなく？」

「はい。なんか、今でもあるんですけどねー。別にキッカケもないのに……たとえば小学校の時に駅の公衆トイレのカギが壊れて出られなくなった時のことを、仕事してる最中とかチャリこいでる時とかに、いきなり思い出すんですよ。あたしはその時、頭痛とか吐き気じゃなくて『超キモい』って思うんで、想くんにも聞いたら、やっぱそうだったんで」

真顔になった先生は、まるで診察のように佐伯さんに質問を続けた。

「それは匂いや色、音、景色から会話まで、もの凄く鮮明なものだろうか」

「え、先生もそういうのあるんですか？」

「ある——が、その理由を知っているので『気持ち悪い』と感じなかっただけだ」

「マジですか⁉　いやもうあれ、全部ぶわーってきますよね！　十年も前のことでも、昨日のことか、ヘタするとついさっきのことじゃないかって思うぐらい」

明らかに佐伯さんの声のボリュームは、この空間で話すには大きくなりすぎていた。

でも先生はそれを注意することもなく、逆に自らの声のトーンを下げて調整しようとしているようにも見える。

「佐伯さん。それを『フラッシュバック』というんだ」

「マジですか！　ヤバいですね、それ！」

フラッシュバックと聞くと、大きな事故や災害など、もの凄く非日常的なことでもなければ起きないものだと思っていた。

でも佐伯さんにとって、それはもはや日常なのかもしれない。

やはり高次脳機能の凹凸が連続体（スペクトラム）で、線引きができない以上、これにも個人差があって当たり前なのだ。恐怖や嫌悪の思い出がフラッシュバックとして発火する閾値（レベル）は、人それぞれ。誰かが誰かに対して「そんな些細な事で」と、非難できるものではないのだろう。

下手をすると毎日の嫌なできごとが、その日の夜に毎晩フラッシュバックしている人が、いるかもしれないのだ。

「佐伯さん、ありがとう。すごく助かったよ」

「マジですか？　よかったー」

そんな想くんに関する新たな発見を聞いていると、定時であがってきた青柳さんが、想くんのお迎えにやってきた。

「どうも、お世話になりました。今日は本当に助かりましたけど……想が、なにかご迷惑をおかけしませんでしたでしょうか」

「あ、お母さん。お帰り」

すぐに荷物をランドセルに片付け、足早に想くんがカウンターまでやってきた。

「想。ちゃんと、いい子にしてた？」

「別に……ふつうにしてたけど」

「ちょっと、普通って――」

「青柳さん。今日は佐伯さんのお陰で、想くんの色々なことを知ることができました」

「……え？」

青柳さんは、不思議そうに佐伯さんを見ている。

でも佐伯さんは、何となく「悪いこと」でもしたように気まずそうだった。

もしかするといつの間にか、自分のやることはすべて青柳さんの指導には沿えていない、という「刷り込み」になっていたのかもしれない。

その自己評価に自信が持てない感じの佐伯さんには、とても共感できた。

「実は、想くん――」

先生は、佐伯さんが聞き出してくれた――というか、遊びながらいつの間にか知ったことを、すべて青柳さんに話した。

「え……そうだったんですか？」

「もちろん、心身症状としての腹痛や頭痛も混在していると思いますが、少なくともフラッシュバックで間違いないと思います」

「そんな……いったい何が想にとって、そんなにショックなことだったんでしょうか」

「それは挙げればキリのない、些細なことだと思います」

「それじゃあ、どうしてやることもできないじゃないですか……」

「理解してあげればいいと思います」

「……それはもちろん、そうしますけど」

「それから、想くん。プラモデルは、設計図を見ずに組み立てているそうです」

「えぇっ!?　そんなこと――」

「立体構造に対する感覚が我々とは違うので、可能だと思います」

「でも、どうやってあんなバラバラの物を」

「想くんが言うには『全部プラスとマイナスだから作れる』そうです」

「それ……どういう意味ですか？」

「我々には理解できません。彼が脳内で、独自に構成した認識方法です」

「……それも、高次脳機能の凹凸ですか」

「そうだと思います。何か他に、そういう『立体』『物作り』『絵』などで、気づかれたことはありますか？」

「やたら、粘土遊びも好きですね。放っておいたら文字通り、本当に一日中、何か作り続けていますから」

「どんな物ですか」

「こんな感じですけど……」

青柳さんがスマホで見せてくれた、想くんの作った粘土の飛行機。それは手のひらサイズなのに、エンジンから客室の窓まで、ディテールが驚くほど細かく作られていた。

「ヤバいですね、想くん！　まじヤバい天才じゃないですか⁉」

そう言われて素直に嬉しそうだったのは、想くん。その表情には、まるで初めて自分の理解者が現れたかのような印象さえ受けた。

「でもこんなことばっかりして、学校の勉強がだんだんと……」

その言葉で、想くんの笑顔はすぐに消し飛んでしまった。

現実に、将来のことは勉強や成績と直結している。青柳さんの考え方が間違いだとは絶対思わないけど、想くんが見せた笑顔を、ずっと見せて欲しいと思ったのも事実だった。

「青柳さん。人には得手不得手があり、能力のバラつきや限界に個人差があって当たり前。本来はその多様性を適材適所に配置した組織や集団が理想ではあるものの、現実にはむしろそれは希有で難しいです――」

先生は一体、何のことを話しているのだろうか。

「――同様に子育てや学校教育も、画一的な基準や枠組みの中に押し込めて評価するべきではないと声高に叫ばれながらも、結局はベルトコンベアーのように流れ、遅れた者はラインから弾かれていくのが現実です」

それを聞いた青柳さんは、誰もが思っていることを素直に口にした。

「じゃあ、先生……どうしてやることが、想にとっての『正解』なんですかね」

「誰もが今すぐ『正解』を欲しがります。だからこそ『こうあるべきだ』と大きな文字で書かれた本や、下半分が文字テロップで煽られた番組が多く流されていますが――」

先生は無意識に想くんの頭を軽くぽんぽんしながら、こう言った。

「――すべての親子が納得して満足できる、最大公約数としての『子育ての正解』はないと思っています」

そして先生は、青柳さんにも笑顔を向けた。

「でも、青柳さん。実は薄々、気づいてらっしゃるのではありませんか？」

「……なにをです？」

「想くんの才能です」

「そんな、大袈裟ですよ……」

「でもスマホに、想くんの『作品』をたくさん保存しておられたじゃないですか」

「それは、まぁ……どの親でも、することだと思いますけど……」

「どうでしょう。もしすべての保護者が青柳さんのようにお子さんに目を向けられているなら、子どもたちみんなが幸せに暮らせる世界がやって来るのですが——」

それに対して青柳さんは、何かを押し殺すように下を向いていた。

「——お陰で、私にはまだやれることがある。それを今日、佐伯さんと想くんから教えてもらうこともできましたしね」

この時はまだ、先生がどんな壮大なことを考えているのか、誰にも想像がつかなかった。

【第四話】六歳からの職場体験

今日は、心臓にも膀胱にも良くない一日だった。

お昼ぐらいから断続的に続いた突然の意図不明な訪問が、次はいつなのか気になって仕方なく、常に落ち着かないしトイレも近いし、タオル地のハンカチも手放せなかった。

とはいえ、時刻は午後四時五十分。受付締切までまだ十分あるので、気は抜けない。

「お大事にしてくださいね」

クリニック課を出ようとした患者さんが、ドアを開けた瞬間「ひゃっ――」と変な声を上げた。どうしていいか分からない動揺とフリーズする思考を、なんとかお辞儀で強制再起動して、足早に去って行く。

「しゃ――」

「松久さん。琉吾先生、終わった？」

それを見て、心臓が一拍ばくんと思いきり血液を吐き出す。

三ツ葉社長の不意打ち訪問は、本日これで五回目――つまり、約一時間に一回となった。

「えーっと、あれです……あとは今、最後の患者さんを」

これまで四回とも、先生はすべて診察中。社長はその都度「あ、そう。じゃあまた寄るわ」と、こちらが何か言おうとする前に姿を消してしまい、それと同じことを一時間ごとに繰り返している。社長とはそんなに社内をウロつくものだろうかと、毎回疑問に思うけど、たぶん気になって仕方ない何かがあることぐらいは想像がつく。

でも今回はチラッと腕時計を見て、なぜかコリでもほぐすように肩と首を捻っていた。

「森永inゼリー、ひとつもらっていいかな」

「えっ⁉」

ステステと、ショーマ・ベストセレクションの棚の前に行ってしまった社長。来訪五回目にして、そのイレギュラーな反応は困る。

「あ、ごめん。そういうの、昇磨くんに聞かないとダメだよね」

「いえ、あの……社長、それはですね」

眞田さんからは、社長が来られた時にはショーマ・ベストセレクションの棚にあるものは「何でも」「すぐ」渡していいと、許可というか指示をもらっている。

でも相変わらず即決即行動の社長は、こちらの返答を待たずにスマホで個人的に電話していた。そこは「内線で確認してもらえる？」で、良かったのではないだろうか。

「昇磨くん？　あのさ。この棚の商品、お金はどのレジで管理してるの？」

開口一番、それ？　というツッコミは、もちろん口に出さなかった。

たぶん社長の頭の中では、すでに話は進んでいたに違いない。このあたりの様子は、先生と似ている気がするので何となく想像がついた。これもやはり、ふたりの高次脳機能の特徴なのかもしれない。

もっとも、電話の相手は眞田さんだ。きっとすべてを、あっという間に理解するだろう。

「待たせてもらっていい？」

案の定、すでに電話は終わっていた。

「も、もちろんです！　今、先生にインカムで連絡を」

「あーっ、あれのことか。そっちの中で待たせてもらってもいいかな」

「そっち……中ですか？」

視線の先は、部署の中に設置したまま撤去する様子のない、臨時の「児童クラブ」空間。社長が待合のソファーというのもアレなので、いっそのこと奥の方がいいかもしれない。

でも新品のフロアマットの上とはいえ、社長が床に直座りというのはどうだろうか。やはりここは、イスを持って行くべきだろう。

「どうぞ。よろしければ、イスをお持ち――」

社長、靴を脱ぐタイミングが早すぎます。すでに受付カウンターで靴を脱いで、児童クラブのフロアマットまで靴下というのはどうでしょうか。

もちろん、考えるだけで口には出せない。

社長の奥様、大変だろうな――と脱ぎ捨てられた靴を持っていきながら、そもそも結婚されているかどうかも知らないことに気づいた。就任から今まで、どこからもそんな話が耳に入って来なかったのだ。

そんなことをしている間に、最後の患者さんだった総務課の吉川課長が、診察を終えてブースから出てきた瞬間――今まで見たことがないほど、目を見開いて立ち止まった。

「し――社長!?」

姿勢を正して敬礼でもする勢いの吉川課長だけど、それは仕方ないだろう。

フロアマットの敷かれた床で、社長がローテーブルに向かってあぐらをかき、肘をついて児童書を読んでいるところなど、誰が想像できるだろうか。

「あ、吉川課長。お疲れ様です」

相変わらずニッと歯を見せて笑い、誰にでも分け隔てなくフレンドリーな三ツ葉社長。

「いえ！　社長こそ、お疲れ様でございます！」

それに対して吉川課長は、慌てたように嫌な汗をかき始めていた。

「その、あれです。今日はどうにもこの時間しか融通が利かなかったもので、仕方なく」

「あ、そう」

生返事になっている三ツ葉社長は、むしろ児童書の方が気になって仕方ないのだと、すぐに分かった。逆に吉川課長の慌て具合と変な汗と妙な言い訳の意味は、インパラ・センサーを通して何となく透けて見えたような気がする。

思い返してみれば吉川課長が受診するのは、この「最後の受診枠」のことが多い。もしかすると終業の手前三十分ぐらいから受診して、そのまま「直帰」すればいい——そんなあり得そうな「吉川理論」を思い浮かべて、勝手にゲンナリしてしまった。

「あれ？　ミツくん、どうしたの。今日はよく来るね」

診察ブースから先生が出てきたチャンスを逃すはずもなく、素早くお会計を済ませた吉川課長は、無言のまま処方箋を持ってクリニック課から消え去った。

「琉吾先生、終わった？　今、いい？」

「いいよ」

そう言いながら先生は自分にコーヒーを淹れ、社長にはいつ準備したのか分からないペットボトルのお水を渡して、ローテーブルに向かい合って座った。

この茶飲み風景は、なんだろうか。

受診する患者さんは終わったけど、まだ「森琉吾として」の仕事は残っている。本当はこのあと、受診患者さんのカルテに日記なみの「追記」をするのが定番。吉川課長のカルテ記載も、まだ数行だけだ。でも今日の三ツ葉社長の挙動不審というか、落ち着きのなさを考えて、先生はあえて社長のペースに合わせることにしたのかもしれない。

「先生さ。この前くれた、あの企画書――」

「ミツくん。耳栓」

その単語を聞いて、思わず振り返ってしまった。

社長は何事もなかったように、耳から黄色いスポンジ状の耳栓を抜き取ってケースに収めている。緊張してまったく気づけなかったけど、今までの会話はすべて「耳栓越し」だったのだ。

「――あ、サンキュー」

「今日、酷いの？」

そう言って先生は、ちょんと自分の耳を指さした。

「まぁね。ちょっと、いろいろあって」

思い出した。確か社長は「聴覚過敏」があると、前に聞いた記憶がある。待合室に誰が来ていて何の話をしているのか、診察室に居ても分かるほど過敏で、十人ぐらいの会話が同時に耳から入ってくるという。それを自ら耳栓で制御しなければならないほど、酷い時もあるのだ。

イギリスの高校を十六歳で卒業し、そのまま超名門大学に入学して、二十歳で卒業した三ツ葉社長。その後は先生と同じ医学部に入学して医師免許も取得しているので、社内ではもっぱら「天賦の才（ギフテッド）を持つ人」と呼ばれている。

でも先生から高次脳機能の凹凸や様々な話を聞いていると、そういう人は必ず何らかの「凹」を引きかえのように強いられている気がしてならない。実際に社長は以前、フラッシュバックが酷くて先生から抗不安薬を渡されていたし、水の飲み方も普通ではない。

「耳鳴は？」

「いつもより強いかな」

しかも耳鳴まであるらしいのに、平然とした口調でサラリと言っている。

「飲んだ？」

「飲んだ」

たぶん「薬を飲んだか」という意味だと思うけど、それは医師同士なのでさておき。

そもそも凸凹とは「凹」があれば「凸」があると思われがちだけど、その凸は必ずしも社長の様な「ギフテッド」ではない。むしろ社長は、どう考えても超レアだと思う。

そしてその凸がどんな物でどの方向にどれだけ飛び出しているのか、自分のことですらどれぐらいの人が理解しているだろう。色んな人の心身症状や高次脳機能の凹凸について知れば知るほど、みんな日常の「凹」を何とかすることばかりに気を取られ、「凸」の部分に目を向けて探す余裕はない。それは素人ながら、自分も含めて強くそう感じている。

「先生からもらった『子育て支援に関する企画書』さ。経営企画室に見せて、社内データを取ってもらったんだよね」

「え。もう結果、出たの？」

「先生、相変わらずいいセンスしてるわ。当たりだよ、大当たり」

「いや、あれはアタリとかハズレとかじゃなく」

「すごいよね、この着眼点」

「それに、俺が気づいたというより」

「これってボクには絶対気づけないことだし、このまま放置してたら、ウチにもかなりの人的損害が出てたと思うし」

「人的損害……どんな結果だったの？」

決して社長は、人の話を聞いていないわけではないと思う。

ただあまりにも回転が速すぎて、脳内で処理済みのことは口に出して相手に伝えたつもりのまま、会話が進んでいくのだ。

「まず、社内での『放課後児童クラブの待機児童を持つ社員』と『数年以内に小学生児童を持つことになる社員』の実態ね。これを、経営企画室にお願いしたんだけどさ――」

まさか先生が「私にもまだやれることがある」と言っていたのは「社内児童クラブ」を作るということだったのだろうか。だとしたら提案した企画の規模が会社を動かすレベルで、大きすぎると思う。そもそも赤字上等の福利厚生としてのクリニック課ですら、普通はあり得ない部署。それが新設されて、まだ半年。そのうえ社内児童クラブの設置なんて、会社として——特にお金の問題として、あり得ない気がしてならない。

「——児童クラブの待機児童を持つ社員は、実に22％。三年以内に『ショウイチの壁』に直面する社員が９％。合わせて、なんと約30％。これ、直近の大問題でしょ」

「ミツくん。『小一の壁』って、子どもが小学校一年生になる時、各ご家庭が今までとは違った様々な問題に突き当たることね」

「あ、そう。なんか大変な障壁なんだろうな、とは思ってたけど」

「それまでの保育園とは違い、フルタイムで勤務したあと、午後六時までに駆け込みでなんとか児童クラブに子どもたちを迎えに行く。帰宅したら夕食を作り、食べさせ、お風呂に入れ、午後九時には寝かせる。そして自らは午前六時に起床し、慌ただしい朝をかき分けるように出勤する。そうして迎えた週末に、平穏な気持ちで子どもたちの話をしっかり聞く時間を持てればいいけど、実際は……」

「あ、そう。ともかくそれを機に、せっかく仕事ができるようになった社員が退社を考えたり、正社員だったのにパートになったりするような問題でしょ？　それどう考えても、ライトク（うち）にとっても家族と子どもたちにとっても、大損失でしょ」

「だね。少なくとも、誰も幸せにはならない」

「それがすでに22％の社員に起こっていて、三年以内にはさらに９％増加する可能性があると分かってるなら、最優先で回避するべきでしょ」

起こることに対して、どう対処するか。社長はまさに、問題解決型の人なのだろう。

No one gets left behind.——社員はひとりも置き去りにするな。

英語なんてロクに分かりもしないのに、社長の名言だけはすっかり覚えてしまった。

「けど実際、やれそう？」

「送迎付きの放課後児童クラブを設立した場合の利用希望者数は、現時点で80％超え。アンケートの設計に問題はなさそうだったから、乖離（かいり）は出ないんじゃないかな」

「あー、いや……そういう意味の『やれそう』じゃなく、その……お金として」

三ツ葉社長はなぜか急にフリーズしたまま、視線の焦点がどこにも合っていなかった。

「ミツくん？」

先生が肩に、ぽんと軽く手をかけると。社長の首から上だけ再生速度が早送りになり、ぶるぶるっと高速で頭から何かを追い払うように首を振って我に返った。この仕草、以前にも見たことがある。確か「フラッシュバック」が起きている時ではなかっただろうか。

「ん？ なに？」

大人でも、これなのだ。想くんが言っていた「頭の中が気持ち悪い」という表現は、想くんなりに一生懸命考えたもの。決していい加減に言ったものではないし、保健室に行ったことも怠けていたのではないことを、社長が代わりに証明してくれたような気がする。

「飲んだ？」

「飲んだ、飲んだ」

それは医師同士なので、さておき。

もしかしなくてもこの案件、社長の心身にもの凄く負担がかかっていないだろうか。

「俺が言ってるのは、お金の問題。これ、送迎付きにするんでしょ？」

「だって、誰が迎えに行くのよ」

「だから、誰を迎えに行かせるつもりなの」

「これはね、先生。潜在的な危機だよ。今そこにある危機」

「まぁ……それが理想ではあるけど」

「琉吾先生。理想を追わなくなったら、現実はすぐに淀み始めるよ？」

そう言って立ち上がった社長は、そろえておいた靴を履いた。

なんとなく「あれ？　靴は……」を回避できた気がして、ちょっと嬉しい。

「ミツくん――」

靴べらも使わずガスガスと高そうな靴を履いている社長を、先生が呼び止めた。

「――大丈夫なの？　ミツくんは」

それには答えず親指を立て、社長は振り返らず足早にクリニック課を出て行った。

これをカッコイイと言うべきか、潔いと言うべきか、ブツ切りというべきか。

「あの、先生……」

「ん？」

「……社長、ホントに大丈夫ですかね」

視線を合わせたままフリーズした先生を見て、ハッと気づいた。

きっと「大丈夫ですかね」だけで「何を」心配しているのかハッキリ言わなかったので、それが「体調」のことなのか「社内児童クラブ」のことなのか、おそらく脳内で二択に困っているのではないだろうか。

「すいません。社長の体調、大丈夫かなと思って」

「あ、それは大丈夫だと思うが――」

やはり、そうだった。

先生と会話がズレる原因が、少しずつだけど理解できてきたような気がする。

「――俺が企画を出しておきながら言うのもアレだが、社内児童クラブも本気でやると思う。昔からミツくん『笑いながら死ぬために生きてるんだ』と、いつも言っているので」

「……え？」

その強烈な理念を、どう解釈すればいいだろうか。

もしかすると三ツ葉社長は、死ぬ時に「後悔のフラッシュバック」に苛(さいな)まれたくないのではないか――そんなことを、勝手に想像してしまうのだった。

▽　▽　▽

週が明けた、月曜日。

思い立ったが吉日とは、三ツ葉社長のためにある言葉ではないだろうか。

五階の一番奥にある一室は、東京の江戸川区に場所を移してしまった、第一商品開発部があった場所。今では取り残された要らない備品と共に「資料保管室」という名のホコリを被(かぶ)った物置になっていたその部屋に、なにやら見たことがある「真っ黒い人たち」が朝イチから出入りして、中の物をごっそり運び出し始めたのだ。

上下真っ黒の作業着に、黒いグローブと黒いブーツ姿の四人組。ちょっと形の特殊な安全ヘルメットも黒、防塵(ぼうじん)用のマスクも黒、中には誰を威嚇しているのか白い髑髏(スカル)柄の入った黒の目出し帽の人までいる。

廊下でその防塵用マスクを着用する必要があるかどうかは、さておき。

間違いない。腰回りを電気工事士さんもびっくりするほどの装備でかためた、社長が直々に指揮を執っているという噂の、ライトク清掃美化特殊部隊『Squad Of Purity(スクワッド オブ ピューリティ)』の方たちだ。全員の腕に貼られた、ヘビが大きく口を開けたその中に白字で「ＳＯＰ」と書かれた部隊章が、それを裏付けている。

「お疲れ様です！　お邪魔しております！」

「お疲れ様です！」

「かれ様です！」

「ですッ！」

大型の荷物台車やシートボックスを軽々と押して運び出しながら、すれ違うすべての社員に運動部の声出しもびっくりの声量でご挨拶される四人組。何が恐ろしかったかと言って、社内には不似合いなその姿や大声ではなく、昇降はエレベーターを使わずすべて階段だったということ。どう考えてもめちゃくちゃ重そうな荷物台車の前後を、二人一組でバランスも崩さず運び降ろす。そして、清掃用具や専用器械を五階まで運び上げる。

そんな姿を午前中、トイレに行くたびに見かけたのだった。

そういえば社長がＳＷＥＧｓのひとつ【住み続けられる家づくりを】の一環として、新たに参入すると言っていた「おうち清掃代行サービス」事業、どうなったのだろうか。

「わ……」

真っ黒い特殊な皆さんがキレイに片付けてホコリひとつなくなった、元第一商品開発部で元資料保管室だった部屋は、思った以上に広かった。今はまだパイプイスが並べられ、それに向かって演壇がひとつ仮設されただけ。同じ五階にある大会議室未満の簡素な状態だけど、いったいこれから何がどう整備されていくのだろうか。

「マツさんはこの部屋、初めて？」

「第一商品開発部が移動してからは、初めてですね」

「この広さなら想定される利用希望の児童すべてを収容しても、規定の『ひとり畳一畳分』は優に確保できると思う。あくまで、本社だけだが」

「それにしても、三ツ葉社長……ずいぶん、上の人たちばかり集めましたね」

いつもは忙しくてリモート会議が多い社長が、生産本部から運送事業部、梱包・倉庫事業部からIT本部まで、すべての部署から主任以上を必ずひとり出席させるのは、入社式以外では異例中の異例。そのせいかまだ開始予定の十分前なのに、すでに全員が集まってパイプイスに座り、不穏な表情で何やらささやき合っていた。

「お疲れ。運送の厚木営業所まで呼ばれたの？」

「あ、松崎さん。お疲れ様です。生産管理部もですか？」

「そうなんだよ。あっちのツナギ服なんて、南砂の車両整備課だし……こりゃあ間違いなく、全部呼ばれたな」

「誰か……何かデカいこと、やらかしたんですかね」

「いや、違うと思う。三ツ葉社長就任直後の『不正大粛正』を、間近で見たことあるけど……あの時は反論できないガチガチの証拠を持った弁護士が、いきなり部署に来たから」

「弁護士ですか!?」

この、生産管理部の松崎さん。たしか総務課の吉川課長と同期で、ライトク歴が長かった記憶がある。

「あれはもう『完全に退路を断つ』っていう、強い意志だね。ロジカルでドライで、なんて言うか……怒鳴られて罵倒(ばとう)された方がマシだと思ったよ」

「ちょ——それ、怖いですって」

「だろ？　それに比べたら今日は、本社の五階に集められただけだし。ここ、たぶん何か別の目的に使うためにキレイにしたんだと思うし」

「え？　ここ、大会議室じゃないんですか？」

「大会議室は、ふたつ隣だよ」

「けど……なんで社長、集まる目的をメールに書かなかったんですかね。タイトルだって、いつ送ったのか分からないメールの『Re:(レス)』の一斉送信でしたし、内容は定型文に集まる日時と場所が書いてあるだけでしたよ？」

「あの人、そういう人なんだよ。この集まりだって、昨日の今日で急な話だろ？　もう頭の中で結論が出ちゃってると、結果だけ伝えて終わりみたいな人なんだわ」

「秘書さん、いるんですよね？」

「待てなかったんだろうよ」

たぶん松崎さん、かなり社長のことを的確に理解していると思う。

でも、社長。さすがに何のために集まるかぐらいは、書くべきではないでしょうか。

「あれですか。これがみんなが言ってる、社長の『ギフテッド』ってヤツですか」

「あー、それ。あんまり言わない方がいいよ。社長、好きじゃない表現らしいから」

「そうなんですか？」

「たまたま『宝くじ』の一等に当たったようなモンだから……あれ、なんて言ってたっけな……あ、そうだ。『幸運は努力に劣る』ってさ」

「えー、僕は羨ましいですけど」

「社長の言うことも、分からんでもないなぁ。宝くじの一等なんて額がデカすぎて、だいたい人生を狂わせるモンだし」

「あー、あれですか。人間関係がドロドロになったり、カネが人の性格を変えたり」

「それそれ。オレなら、3等の百万ぐらいが丁度いいな」

そんな話を聞きながら、なぜクリニック課の三人はあちらの聴衆側ではなく、司会進行的な場所に置かれた長机につかされているのだろうかと考えていると――バーンとドアを開けて、話題の社長が大股で部屋に入ってきた。

「すいません、お待たせしました。お忙しい中をお集まりいただき、申し訳ありません」

時計を見ると、まだ五分前。

やはり役職が上の人ともなると、こういう社長の性格を知っていて当たり前なのか、それとも連絡ノートにでも書かれて脈々と受け継がれているのか。

「それではこれから約十五分、皆さんのお時間をいただいて——」

マイクもない仮置きされた演壇に社長が立つと、隣で眞田さんがノートPCを開いたので、何をするつもりか小声で聞いてみた。

「眞田さん。今日はモニター、ないですよ？」

「これですか？　三ツ葉さんが今から話す、原稿です」

「……はぁ」

それを、なぜ眞田さんが手元で確認する必要があるのだろうか。しかも社長は、原稿なんてどこにも持っていないというのに。

「昨日『ちょっと心配だから常識的な目で見てくれ』って連絡もらったんですけど……あちこちヤバかったんで、少し手直しをしたんです」

「眞田さんが、ですか？」

ヤバい原稿とはどういうものかも気になるけど、そこでなぜ眞田さんだったのか。

「秘書さんは絶対寝てる時間でしたし、かといってリュウさんだとビミョーだって三ツ葉さんも分かってるし、だからといって三ツ葉さんに『明日やる』って発想はないですし」

説明されて、思いきり納得してしまった。

「このご時世、コンプライアンスとか色々含めて、言っちゃうとヤバいキーワードが増え続けてるじゃないですか。そういうのを、マイルドな表現に置き換えたんですけど――」

社長の元原稿に、どんなヤバい単語が入っていたのか気になって仕方ない。

「――三ツ葉さん、たぶん元の原稿とオレが修正した原稿の二種類が、両方丸ごと頭の中に入っちゃってるんですよ」

「……ありそうですね」

「だからこうやって、赤で直した部分が近くなったら」

いつの間にか手に握っていた小さなボタンを、眞田さんが押した。

すると演壇の手元でも、すごく小さな赤いランプが灯った。

「こうして『オレが修正した方にしてくださいよ』って、教えるんです」

「社長、それで瞬時に気づいて切り替えられるんですか？」

「ですね。これ、いつもは秘書さんの仕事なんですけど……今朝になって、いきなり丸投げするのも可哀想ですから」

「お疲れ様です……」

そんな原稿の内容は、もちろん先生が企画した「社内児童クラブ」についてだった。

「前回の社内アンケートにより、いわゆる『児童クラブ待機児童』を持つ社員と、三年以内に『小一の壁』にブチ当たる社員が、約30％にも上ると判明しました」

隣で眞田さんが「あ……」と小さく声を上げた。たぶん「ブチ当たる」を別の表現に換えていたのだけど、ボタンが間に合わなかったのだろう。

「いわゆる『小一の壁』についてはこのご時世、皆さんご存じのことだと思いますので、ここでは割愛します」

社長自身がよく分かっていなかったことも、ここでは割愛した方がいいだろう。

「我が社に限らず。技術、経験、知識やノウハウを取得した人材の流出は、企業の大小を問わず、何よりの損失です。マニュアルに書き留めておけば派遣人材であろうが、契約社員であろうが、勝手に引き継がれるというものではありません。なぜならそれを伝えて指導するのも、結局は人だからです」

用意した演壇に社長が留まることはなかった。まるで海外企業のCEOが、大きなステージからホールに集まった聴衆に向けてプレゼンするように、少しもジッとしていない。

「もちろん、その人にしかできないことをその人にだけ頼っている組織が長く続かないのは常識であり、誰もがその役割を肩代わりできる汎用性が重要なのも事実です。しかしながら、会社を動かし、お金を動かしているのは、あくまでも人であることを忘れてはなりません。よくできたマニュアルも堅牢で利便性の高いシステムも、あくまで道具です。そのマニュアルを作り上げるのも人、そのシステムを作り上げるのも人、メンテナンスをするのも人——つまり会社の基盤は人であり、その人材が抜け落ちることは、会社の基盤が崩れることを意味しているのです。これは大袈裟な表現ではなく、突き詰めればあなた方ひとりひとりがそれぞれの持ち場で、それぞれに与えられたミッションを遂行してくれているからこそ、ライトクのプロジェクトは進み――」

社長は、開発本部の皆さんの座るブロックに向けて手を伸ばした。

「製品は作られ、精査され――」

次は、生産本部のブロックに。

「顧客に届けられ――」

さらに、運送事業部も。

「システムや組織の、維持メンテナンスができ――」

社長はすべての部署の役割を賞賛し、すべての部署の重要性と意義について語りかけた。

「こうしてライトクが成り立っていることを考えれば、社員とは『守らなければならない』最重要の要素であることは明白」

そこで社長は真正面を向き、キリッとした顔で決めた。

「No one gets left behind.――私は社員を、ひとりも置き去りにするつもりはない」

出た、これぞ本家。やはり目力（めぢから）も語気も、すべてが違う。

これ、他の人はクセにならないのだろうか。失敗して凹んでいる時、社長に肩を叩かれてこう言われたら、もう一度立ち上がれるような気さえする。

この心理、すでに「推し」に対するものかもしれない。

「ライトクは社員を守ります。だからその社員ひとりひとりにも、隣に座っている同じライトクの社員を守っていただきたい。誰かの犠牲で何かが成立するシステムは破綻します。だから我がライトク社員には、お互いの背中をお互いが守り合い、この世知辛い世の中で共に戦い生き延びる戦友であって欲しいのです」

動きと熱の入った、すごくいい話だと思う。ただなんとなく、いつの間にか戦場で指揮官に鼓舞されているような気分になってくるのは気のせいだろうか。

「ならば今、ライトクにとって何が必要なのか——」

社長は両手を突き出す大きなジェスチャーで、集まった役職社員たちに問いかけた。

「——その『小一の壁』に進路を阻まれ、打開策を見出せず、傷つき退路を断たれ、疲れ果てて我が社を去る可能性のある、約30％もの勇敢な社員たち。そんな彼らに必要なのは、励ましやアドバイスではありません。早急な援助と救出です」

呼ばれた各部署の役職さんたちは、ただただ圧倒されていた。というより正直、何のことを言っているのか、よく分かっていないのではないだろうか。

「それでは具体的な内容について、クリニック課の森琉吾先生の方からお願いします」

そう言って下がった社長は、壇上に置かれたペットボトルのキャップを開け、ぐいっと傾けた。相変わらずガホガボッと一気に、飲むというよりは喉に流し飲んでいる。

と同時に、隣の眞田さんもグッタリして、イスの背にもたれかかった。

「お疲れ様でした、眞田さん」

「……いえいえ、どういたしまして」

そんな中、すっと立ち上がって演壇に向かう先生は、相変わらずのアルカイック・スマイル。これだけの役職持ち社員を前にしても、動揺した素振りはない。

「では私の方から、今回のミッション『六歳からの職場体験』の内容と目的についてご説明させていただきたいと思います」

聴衆はそれを聞いて、再びザワついた。

ミッションって、先生――何となく、社長の熱い雰囲気に巻き込まれていないだろうか。

「子どもたちを取り巻く環境は、確実に、そして激しく変化しています――」

社長は社員に主眼を置き、先生は「子どもとその家族」に主眼を置いて話すようで、ひと安心だ。

「――その昔。『共働き』や『カギっ子』という言葉が、特別な意味を持っていた時代もありました。『虐待』という言葉も『貧困』という言葉も、見知らぬどこかの特殊な環境でのことだと思われていた時代もありました。『離婚』というものが絶対悪の大事件であり、『母子家庭』や『父子家庭』が特別視される時代もありました。しかし今では『共働き』も『カギっ子』も『虐待』も『貧困』も『離婚』もすべて身近なものになりました」

確かに「虐待を疑って通報する」ことも、今では当たり前のことになっている。

「余談ですが『晩婚』も当たり前となり、産科のカルテに密かに付けられていたリスク管理用の『高齢出産マーク』の年齢基準も、時代と共に上がりました」

隣の眞田さんが「ホントそれ、余計なことだよ」と、小声でつぶやいた。

「そんな子どもたちにとっても、保護者にとっても、過酷な変化を強いられるこの時代。昔は当たり前にできていたことが、今はどれも確実にできません」

先生は小児科の経験からか、そう強く断言した。

「考えてもみてください。親が子どものお迎えに行けない、子どもと話す時間も顔を合わせる時間もない、そして休みの日には疲れて体が動かない。挙げ句に子どものために雇用形態を変えたり、時には今の仕事を辞めたりして、低賃金にならざるを得ない――それを強いてくる原因のひとつが『小一の壁』なのです」

社長の時とは違い、先生の語りかけに皆さんがザワつき始めた。

「うちはもう、完全に子どもから手が離れちゃったけど……今はそうなの？」

「保育園と小学校じゃ、負担はまったく別モノですね。正直いろいろ、キツいですよ」

「……ウチは、妻が正職を辞めてパートになろうかって話してます。うまくやれば、その方が税金も安くなるからって」

「え？　でもおまえ、家はどうすんの？」

「まぁ……いろいろ考えてます」

瞬(またた)く間に淀んでいった空気を払い除(の)けるように、先生が口を開いた。

「その打開策として、ミツく――三ツ葉社長が進めようとされているのが『社内児童クラブ』です。幸い、放課後学童クラブに関する法令は、ひとり平均畳一畳分のスペース――つまりここぐらいの空間があり、一ユニットを四十人以下として、管理側の最低人員は『放課後児童指導員』が一名、『学童指導員』がもう一名いれば成立します。放課後児童指導員は認定資格が必要ですが、私が所有しています。ちなみに学童指導員には資格も認定も要りませんので『完全に子どもから手が離れちゃった方』でも、未来の輝かしい可能性の塊(かたまり)である子どもたちに手を差し伸べたいという意志さえあれば、僭越(せんえつ)ながら私が指導させていただきたいと思います」

ざわつく皆さんをあとに壇上を去った先生と入れ替わるように、社長が再び前に出た。

「これは送迎込みでやることはもとより、本社だけで施行してもライトク全体としては意味がありません。北上尾(きたあげお)や佐倉(さくら)の生産本部、塩浜(しおはま)と厚木と南砂にある運送事業部、梱包・倉庫事業部の社員も含め、すべての社員が享受できる福利厚生でなければなりません。ということは『社内児童クラブ』はここ本社だけではなく、各部署すべての社員が利用できるよう、複数箇所に設置しなければなりません」

ざわめきは一層強くなり、次第にどよめきへと変わっていった。

「当然ながら、資金面で不安の声が出てくると思います。しかしそこは幸い、我が社が業務提携させていただく機会の多い『MIK（エムアイケー）インダストリー』さんと『mt（エムティー）ジェネティクス』さんからの協賛や、その他各社さんからもご寄付の申し出を受けております」

　それを聞いた先生と眞田さんが、ほぼ同時に反応した。

「リュウさん……『MIKインダストリー』と『mtジェネティクス』って」

「あぁ、間違いない。やはり資金源は『バーチャル麻衣子さん』……ということはミツくん、合弁事業も視野に入れているかもしれないな」

　その旧時代のAI的な存在は、なんだ。

　初めて聞く単語――というか人名らしきものが、あまりにも今の話に似つかわしくないというか、それを真顔で言うふたりの気持ちが分からないというか、ともかく混乱した。

「な、なんです？　その、バーチャル――」

「マツさん。申し訳ないが話せば長くなるので、それはまた今度」

　もの凄く気になるけど、先生にそう言われては仕方ない。これはきっと複雑な話、あるいは機密事項に違いない――ということにしておいた。

「みなさん、ご存じですか？　厚生労働省の『放課後児童クラブ運営指針』には、こういう記載があります。子どもの発達段階に応じた主体的な遊びや生活が可能となるように、自主性、社会性及び創造性の向上、基本的な生活習慣の確立等により、子どもの健全な育成を図ることを目的とする」

さすが社長だ。きちんした出典を明示し、決して根拠もなく話をしない。

「そして、こうも明記されています。保護者が安心して子どもを育て、子育てと仕事等を両立できるように支援すること。子どもの生活の基盤である家庭での養育を支援することも必要であると」

声のトーンが今までと変わった社長は、最後に静かにこう付け加えた。

「社長はその後の生涯にわたって、第二の父として社員家族の後見を担う責務がある――私は、そう考えています」

その責務は、ちょっと重すぎないだろうか。

そんな動揺を察してくれたのか、眞田さんが解説してくれた。

「奏己さん。三ツ葉さん、映画『ゴッドファーザー』がめちゃくちゃ好きなんですよ」

「……はい？」

「つまりこれ、本気ってことですね」

それがどういう意味か分からなかったけど。少なくとも一番の問題であるお金の工面は、すでに社長が目処を立てていることだけは理解できた。

「それでは皆さん。まずは『社内児童クラブ』のトライアルとして、来週ここで『六歳からの職場体験』を開催したいと思いますので、部署内に参加希望者がいる場合はご理解とご協力をよろしくお願いします」

いろいろ謎が残る説明だったものの、社長の本気度は伝わってきた。

ただ最後まで気になったのは、やはりお金の出所。

クリニック課の新設や社食の改装といい、素人が考えても、あまりにも福利厚生にお金を使いすぎている気がしてならない。

まさか社長、本当に「ゴッドファーザー」ではないだろうか――。

▽　▽　▽

土日を挟んだにもかかわらず、それからわずか十日後。

物置状態の荷物をすべて運び出して清掃されただけの、ガランとしていた五階の「社内児童クラブ」予定地は、今では照明、壁、床の張り替えも済み、雰囲気から空気までまったく別モノに生まれ変わったと言っていいだろう。

「お大事にしてくださいね」

午前最後の患者さんのお会計を終わらせて処方箋を渡すと、妙にソワソワしてきた。

元第一商品開発部のあったあの部屋は、縦に長机を繋げて十五人、横に繋げて十人が座り、四角形の枠型対面会議を開けるほどの広さがある。そこが小学校一年生から六年生、六歳から十二歳までの子どもたち三十人を、余裕で収容できるスペースに生まれ変わったのだ。勉強したり遊んだり、本を読んだり絵を描いたりして、保護者の方のお仕事が終わるまで、有意義に楽しく過ごすことができるためだけに考えられて設計された空間――そのレイアウトやアイデアを出したのは、ほとんど先生だった。

もちろん社内アンケートは参考にしていたものの、そこはやはり小児科医であり、放課後児童支導員。極める角度が、素人とはまったく違うと痛感した。

「マツさん。そろそろ、着く頃だな」

先生も落ち着かないのか、早々に診察ブースから出てきて時計を見ている。

時刻は午後一時半過ぎで、本来なら社食へお昼ご飯に向かう時間。

しかし、今日は木曜日だった。

「こんにちはーっ！　よろしくお願いしまーす！」

バーンと元気よくドアを開けて入って来たのは、総務課新人の佐伯さん。

「どうも。まだ到着していないが、今日はよろしく」

「ヤバいですね！」

「……なにか不都合でも？」

「や。今日はマジでヤバいなーって、朝から思ってたんですよ。はい」

「そうか」

噛み合わない感じも、いつも通りの佐伯さんだった。

もちろん今日の「学童指導員」に佐伯さんを指名したのは先生だけど、この「社内児童クラブ」のトライアル自体が、社長からのトップダウン。しかもライトクと馴染みの深い提携各社からの「協賛」と「寄付」が、かなり寄せられている。吉川課長に断ることなどできるはずもない、大人のルールが発動していた。

そもそも吉川課長は新人について、いつも青柳さんに丸投げなのだ。業務的な不都合なんて、あるとは思えない。ただし眉間にシワを寄せて、不愉快そうな顔になっているだろうなと、その姿だけは簡単に想像できた。

「マジで呼んでもらえるとは全然思ってなかったんで、吉川課長に呼ばれた時は、また何かやらかしたのかと思って超ビビリましたよ！」

「佐伯さん。俺からの指導は、覚えているだろうか」

「はい――」

そんなことにはサッパリ興味が持てなかった先生は、会話をバッサリ切り捨ててしまったけど、それをまったく気にする素振りのない佐伯さん。

この状況を「先生は冷淡だ」と捉えるか「佐伯さんは距離感を間違えている」と捉えるか、あるいはこんなことでは折れるどころか気づきもしない「佐伯さんの強メンタル」を褒めるべきか――つまり誰がどの角度からどんな意志を持って見るかによって、同じ現象が違う意味を持ってくるのだ。

凹凸という構造のどちらが「得」でどちらが「損」かなんて、あくまで相対的なもの。

そういう考え方の選択肢が増えると、こういう会話もずいぶん見方が変わってきた。そして何事も「白か黒か」「良いか悪いか」「あいつはコッチ、そいつはアッチ」という二極化や線引きやグループ分けが難しいのだと、あらためて感じる。

しかし先生は、いつの間に何を佐伯さんに指導していたのだろうか。

「――何をやりたいか、子どもと相談する！」

「正解。ただし『子どもさん』と言うように。他には？」

「はい！　保護者の方から聞いておいた、やって欲しいことを子どもに伝える」

「正解。ただし『子どもさん』と言いなさい。それから？」

メモをこっそり見ているつもりの佐伯さんだけど、ぜんぜん隠せていないのが佐伯さん。

「はい！　子どもと、そのことを相談します！」

「正解だが『子どもさん』と言うクセをつけなさい。で、最終的に決めるのは？」

「子どもです！」

決して強い意志を持って「さん」を付けていないワケではないと、なんとなく分かる。

ただこれに表情も変えず付き合う先生もまた、ある意味すごいとは思うけど。

「ちなみに、佐伯さんの気持ちは？」

「関係なしで！」

「危ないことは？」

「まずは禁止で、先生に確認を！」

「最初から最後まで、なによりも大事なことは？」

「この部屋には子どもが何人いるか、三十分ごとに入室表で確認すること！」

「合格。ただし『子どもさん』と言うクセを付けるように」

なんと簡潔な指示と指導だろうか。問題ひとつに対して、行動と判断は必ずひとつ。いわば一対一の対応で自らの判断する余地がなければ、ミスも起きにくいだろう。

そんな先生の指導確認が終わるのを狙っていたように、クリニック課の入口ドアが静かに開いた。

「あの、すみません……」

そう、今日は木曜日。青柳さんの息子さん、想くんが嫌いな木曜日。学校で理科と家庭という嫌いな教科がふたつも揃う、木曜日だ。

本日開催する社内児童クラブのトライアル行事「六歳からの職場体験」に一番乗りしたのは、先生の予想通り青柳想くんだった。

「あ、青柳さん。想くん、無事に着いたんですね？」

「松久さん。あの送迎って、お金は――」

「こんにちは！　想くん、久しぶり！　初めまして、本日の学童指導員さんを担当させていただきます、総務課の佐伯です！　よろしくお願いします！」

ぐいぐいカットインしてくるあたりや、この前会っているのにマニュアルの挨拶と合体しているあたりや、いつの間にか「さん」を付けるところを間違っているあたりまで、とても佐伯さんらしいと思う。そもそもその前に、先生が想くんの体調を確認しなければならないのだけど——そういうのは、また次の課題ということで。

「やあ、想くん。こんにちは」

「あ、はい」

どうにも最初は視線を合わせてくれない想くんだけど、だからといって先生に強い抵抗があるようには見えず、青柳さんの後ろに隠れたりもしない。

「今日は学校で、どうしたの」

「……いつものやつ」

「頭が『気持ち悪い』やつ？」

「うん……」

今日も青柳さんには、学校の保健室から呼び出しがかかっていた。

でも事前に学校へ代理の送迎が行くこと、その車種とナンバー、ドライバーの顔写真とライトクが渡したＩＤカードの番号を伝えておいたので、青柳さんはお仕事を継続できた。

でも小学校によっては「親以外のお迎えだと絶対に引き渡さない」など、社会情勢も相まって「今までのルールを変えるつもりはまったくない」という頑なところも、まだまだ多いのだという。幸いにも想くんの学校は、要約すると「すべて親の責任で、学校は一切の責任を負わない」という紙にサインすれば、それでOKという条件だった。

つまり青柳さんが吉川課長に嫌な顔をされながら「早退」「半休」「外出」を願い出なくても、想くんはGPSに見守られながら無事にライトクまで送り届けられたのだ。

「タクシー、どうだった？」

「なにが？」

「気持ち悪くならなかった？」

「別に」

どういう経緯でドライバーの方を見つけたのか相変わらず謎だけど、元はNKタクシーの乗務員さんだったということは聞かされていた。そこでは「チャイルドタクシー」という、学校や塾まで親に代わってドアtoドアで送迎をしたり、乳幼児の里帰りや病院への通院をチャイルドシート付きでお手伝いされたりしていたプロの方。そしてどことなく、八田さんと同じ雰囲気を持つ執事体質の方でもあった。

「想くん。今日は給食、どうしたの」

「……はきそうだったから、食べなかった」

「今は？」

「だいじょうぶになった」

「そうか。安心したよ」

そう言って想くんの頭をぽんぽんしながら、その間も先生は顔色──特に頬の色、唇の色、手のひらの色など、子どもの体調が一番現れやすいという場所を確認していた。どうやらそこは毛細血管という細い血管が表面を沢山走っているらしいので、視診──つまり見ただけで、脱水や低血糖も含めた体調の簡易的な評価ができるのだという。

「それでは、マツさん。いよいよ『六歳からの職場体験』、スタートだ」

「は、はい！」

社内児童クラブの鍵は、基本的にクリニック課の受付で管理している。それは先生が社内児童クラブを、設立も決まっていないうちから「クリニック課」の下位部署である「子育て支援室」に位置づけているからだ。

そもそも小学校一年生なら、四時間授業の日はヘタをすると給食を食べて掃除や何やらを済ませれば、午後一時半──今日の想くんぐらいの時刻には下校時間を迎えるらしい。その証拠に送迎の運転手さんは、通学エリアの近い三人の小学一年生のお迎えに、折り返すように出かけて行った。五時間目がある日でも、午後三時過ぎ。二年生になると六時間目のある日も始まるとはいえ、それでも午後四時過ぎには終わるという。クラブが始まる四年生以降になると下校時間が午後五時を過ぎるようになるらしいけど、それはそれで逆に安全面でも心配な時間帯。そんな学年や時間割によって順次ズレてくる下校時間に対応できる部署なんて、クリニック課以外にはないだろう。

ただ、まったく別のことに関しての不安もある。

生産本部や倉庫事業部、運送事業部の営業所など、ライトク本社以外はかなり離れた場所に散らばっている。つまり、本社の一室と送迎一台では絶対に完結しない。どうやら社長は本気でこの社内児童クラブを「会社全体」の福利厚生として始めようとしているけど、クリニック課新設以上にお金がかかるのは間違いない。それをどこからどうやって捻出するつもりなのか。素人の想像では、無謀な気がしてならなかった。

「……え、職場体験って？」

想くんの顔が、明らかに曇った。

新しいことには、何でも抵抗が強い想くん。そのうえ「職場」とか「体験」とか付けば、何をやらされるものか警戒して当然だろう。

「想くんが行っていた公民館の児童クラブの、ライトク版だ」

「えぇ……今日は、ここじゃないの？」

想くんは露骨に嫌な顔を浮かべて、納得していなかった。

でもその気持ち、分かる気がする。わざわざタイトルなんて付けず、普通に「社内児童クラブ（仮）」ぐらいの名称で良かったのではないかと、ちょっと思っていた。

「想、そんな顔しないの。せっかく、三ツ葉社長と森先生が――」

青柳さんの心配を優しい笑顔で受け止め、先生は想くんに説明を続けた。

「俺のネーミングセンスが、悪かったかな」

それについては否めないので、こんな時どんな顔をすればいいか分からない。

「想くんのお母さんや、ライトクで働く人たちのために、ライトクの中――つまり職場の中に作った、児童クラブ。今日はそれを、これからも続けていけるかどうかの『お試し会』なので、小学校一年生から――つまり六歳からライトクを体験する＝職場体験という意味で『六歳からの職場体験』にしたんだけど、どうだろうか」

「ふーん……」

「こら、想！」

「次は、もっといいヤツを考えるよ」

満足そうに歯を見せて笑っている先生の姿は、かなりレアだ。

でも、わりとマトモな理由でつけられたネーミングで少し驚いてしまったとは、決して口に出さないように――

「なんか、アレですね！　わりとマトモな理由でつけられた名前だったんですね！」

していたのに、素直な佐伯さんが代弁してくれたので、急に膀胱が縮み始めた。ただ案の定、先生はまったく気にしていないというか、まったく伝わっていないので安心だ。

「まずは、想くん。どんな感じになったか、見てくれないか？」

「……うん、まぁ」

そんな話をしながら五階に向かっていると、まるで流れ込む空気のように何の抵抗もなく、眞田さんが途中で合流してきた。

「うぃーす。想くん、こんちわー」

無言で、少しだけ頭を下げた想くん。確か眞田さんは初対面のはずだけど、青柳さんの陰に隠れて警戒する様子はない。このあたり、眞田さんの「天然ハードル下げ」が年齢性別関係なしなのだとよく分かる。

「あ、佐伯さんだよね？　はじめまして、薬局の眞田です」

「はい、総務課の佐伯です！　よろしくお願いします！」

「お、元気いいじゃん。学童指導員と体操のお兄さんには、必須のスキルだよね」

「ありがとうございます！」

先生が佐伯さん用に買った、オレンジ色の介護用ポロシャツとジャージ。確かに軽い体操やエクササイズ、飛びついてくる系の子どもたちにも対応できそうだ。

そんな六人の大所帯で向かったのは、五階の一番奥の部屋。その入口のプレートには、すでに「社内児童クラブ」と紙が貼り重ねられていた。

「さぁ、想くん。ここが、我がライトク自慢の……いや、待てよ？　別にここ自体は、職業を体験する場ではないな……？」

「いやいや、リュウさん。それ、最初から分かってたことじゃない？」

「……ん？　ということは、俺の付けたタイトルは」

「もう……いいから、鍵貸して」

ちょっとイラッとしながら眞田さんは先生から鍵を取りあげ、新設したばかりの「社内児童クラブ」のドアを開けた。

その光景に、最初に声を上げたのは青柳さんだった。

「え……ここ、ホントにあの物置だった部屋？」

床一面に敷かれているのは、厚さ３㎜で厚めのウッディな商業店舗用クッションフロア。フローリングよりもクッション性と耐水性が高い上に、タイル貼りではないので目地(めじ)からの浸水もない。何かこぼしても汚しても、清潔に保ちやすいこのチョイス、さすが洗面台やトイレの施工にも関わっているライトクだと言えるだろう。しかも基本的には裸足(はだし)で遊んでも冷たくないよう、見えないその下地にも工夫が施されているらしい。そして壁紙は優しいアースカラーに張り替えられ、元々ついていた天井の白色蛍光灯も優しい暖色に調光できるＬＥＤ照明になっていた。

「青柳さん、想くん。ここのレイアウトの特徴を、ご説明します――」

そう。一番よくできているなと感心するのは、そんな部屋の「箱としての作り」ではなく、この部屋を大きく三つに分けて先生が考え抜いた、その「構成」だ。

「――向こうの壁側三分の一は、いわゆる『キッズコーナー』です。クッションフロアの上にさらにクッションマットを敷き詰め、縁は座ることも寄りかかることもできるよう、直方体のクッションで『コの字』に囲ってあります。寝転んだりクッションに寄りかかったりして本を読むもヨシ、レゴで遊ぶもヨシ、無意味に飛び跳ねるもヨシ。比較的低学年の子や、主に『勉強以外』を目的としたゾーンです」

最近ショッピングモールや、ちょっとした商業施設でもよく見かけるようになった、お子さんを連れた家族の利用が目立つカラフルな一画と同じ構造をしている。実は個人的に、あの「いい感じの沈み具合」と「反発具合」が大好きだ。だから今日まで何度か「安全確認」という大義名分を先生から与えられ、ひとりで思いきりゴロゴロさせてもらっていた。あそこで一日過ごす自信ならあると、無意味に胸を張って断言できる。

「そして反対の窓側には、中～高学年を意識した『自習ゾーン』を設置しました。イメージしたのは、カフェの窓際で外向きに設置された長テーブル。ですからイスの並びは窓に向かってひとりずつ横並びに一列。個人のスペースがどこまでか分かるよう、テーブルには低めの敷居も設置されています」

一時、例の「ノマド・スタイル」というヤツに憧れたものだ。

もちろん総務課だったので、ノートＰＣでする外仕事などなかった。かといってわざわざ休日に出かけて、なにやらクリエイティヴなことをする気も起きなかったし、やりたいこともなかった。どうやら「憧れ」程度のレベルでは実行に移さないことは分かったので、もし許されるなら、あそこで子どもたちに交ざって本でも読みふけってノマド気分だけでも味わいたいものだ。

「そして最後が、この真ん中の空間に配置したローテーブルのゾーン。一緒に座っている子ども同士が無意識に境界線を引いてしまわないよう、円テーブルを選びました。イスに座ると丁度いい脚の高さのものがふたつ、クッションフロアに直座りしたい子のための低いものがふたつ。各テーブル表面は特殊コーティングしてありますので。机に油性ペンで直接『お絵かき』をしても大丈夫です」

そう。机とは、なぜかついラクガキしたい衝動に駆られるもの。でもそのラクガキが妙にテクニカルだったり芸術的だったりするのは、一時期よく目にした驚くべき「黒板アート」がその最たるものだろう。

そんなことも意識してか、先生はもう一面の壁を別の用途に開放していた。

「じゃあ、森先生。あちら側の、白い壁は……」

「あれは『壁アート』用の壁面ホワイトボードです。あえて箸袋のような小さな面に緻密な絵やデザインを描きたがる子も多いですが、バンクシーなみに壁サイズのものを描きたがる子もいます。そういった子たちの可能性を、ひとつでも多く拾ってやりたいので」

「なるほど。落書きボードですね」

「いいえ。壁アートです」

そのネーミングには大賛成だ。もしかしたら公衆トイレの落書きレベルになるかもしれないのでは、と先生に聞いたことがある。でも先生は「それはそれで、その子が内側に抱えているものを吐き出すきっかけになるので意義がある」と言っていた。

「あれぇ？　先生、なんですか。あの角の――」

「佐伯さん。課長と呼ぶように」

「――あ、すいません。先生」

「だから、課長と」

この佐伯さんの受け答えにも、次第に慣れてくるから人間とは不思議だ。

そもそもよく考えてみれば先生の「課長と呼んでくれ」のくだりも、初めて会った頃は気になって仕方なかったものだ。

「あの角にある、ショップみたいに服が掛けてあるコーナー。あれ、何ですか？　あんなの、前にあたしがこの部屋の説明を受けた時にありましたっけ」

その一角だけ児童クラブとは明らかに趣が違い、ハンガーラックに吊された様々な衣類は、まるでアパレルショップのようにも見える。

「あれは『アウトレット・コーナー』で、小学生のお子さんを持つご家庭や、提携企業からのご厚意で寄付された衣類や靴、カバンなどだ。児童クラブに登録している子なら、誰でもお店で買うように選んで、持って帰ることができる」

「マジですか！　あれ、全部タダでもらえるんですか⁉」

「佐伯さんではなく、社内児童クラブの子どもたちだが――」

目指したのは、放課後児童クラブのはず。

この話を聞いた時、最初は意味が分からなかった。

「――ああしてきちんとディスプレイしておけば、お父さんやお母さんと一緒に選んで持ち帰る楽しみも感じられるだろうし、寄付してくださった方への感謝の気持ちを表せる……だろうと、ショーマが設置してくれたコーナーだ」

佐伯さんは一直線に駆け寄り、ショップで服を選ぶように手に取っている。

「いいなぁ、こういうの……」

ただその目は服を眺めていながらも、どこか遠くへ飛んで行ってしまった。

「どうした」

「あたしん家、真剣に貧乏だったんですよ。母さんシングルで、マジで必死に働いてくれたのに、電気とか水道とかフツーに止まったりして」

「……そうか」

「マジ、信じられなくないですか？　他の子らはフツーに池袋とか遊びに行けるのに、なんでウチは服を買うお小遣いもゼロで、外食にも行けなくて……しかも電気と水道が止まったんですよ？　あり得ないですって。だからあたしもがんばって、ソッコーで働こうと思ったんですけど……まぁ、実際に働いてみたら……あたし基本、なんの取り柄もないバカなんで」

日本が平均的に豊かだった時代はとうの昔に終わったと、誰かがテレビで言っていた。働いても働いてもワーキングプアから抜け出せない問題は、日本だけではないのだという。

何もかもが身近にありながら、自らがその立場になるか、意識して目を向けないと気づくことはない。そんなことを、佐伯さんが教えてくれているようだった。

「佐伯さん――」

その肩を、先生が優しく叩いた。

「――俺はなんの取り柄もないバカを、学童指導員に指名したりしない。それだけは、覚えておいて欲しい」

「先生……」

「だから、課長と呼びなさいと」

「じゃあ、想くん！　何やって待ってる⁉」

その佐伯さんの切り替えの速さは、十分に取り柄だと羨ましく思っている人間が、ここにもいることを覚えておいて欲しい。

「レゴ！」

「いいね！　説明書ないらしいけど！」

「えー、そんなのいらないよ」

「マジで？　じゃあなんか、超デカいやつ作ってよ！」

そう言ってふたりは急いで靴を脱ぐと、一目散にクッションに囲まれたキッズコーナーへと駆け込んで行った。

「青柳さん。どうやら想くんの体調は、大丈夫そうですね」

「何から何まで……いつもご迷惑をおかけして、本当に申し訳――」

「謝る必要はありません」

「……え？」

「厚生労働省の呈示する放課後児童クラブ運営指針には『子どもの健全な育成と遊び及び生活の支援』をすると明示されています。さらには『子どもの家庭生活等も考慮して育成支援を行う』ともあります。つまり放課後児童クラブは子どもたちのものであると同時に、保護者の方々を支援するものでもあるべきなのです」

やはり先生の「私にはまだやれることがある」は、想像以上に壮大なものだったのだ。

「発達の過程で子どもたちにあって当然の『凹凸』を、具体的に見つけてやれる場所。そして青柳さんのように育児に悩んだり不安を抱えている方たちが、決してひとりではないことを実感でき、話し合える場所、相談できる場所、足りなかったものを補える場所——放課後児童クラブは、親の仕事が終わるのをただ待つだけの場所ではありません。それが私の目指した、社内児童クラブです」

「森、先生……わたし」

涙が流れないように、泣かないように——。

青柳さんは誤魔化すことで、精一杯のようだった。

▽ ▽ ▽

クリニック課が始まって以来、初めて「午後休診」の札が入口にかけられた。

その理由は、もちろん「六歳からの職場体験」——というタイトルは失敗だったのではないかといつまでも先生が気にしている「社内児童クラブ」のトライアルに、午後二時をすぎると本格的に子どもたちが集まり始めたからだ。

「えーっ、なに作ったの⁉　すごいじゃん、これ飛行機でしょ⁉」

佐伯さんはすっかりキッズコーナーに上がり込んで、想くんとレゴで遊んでいた。その姿は学童指導員というより、ほぼ友だちの距離感。これが総務課ではマイナスに働き、ここではプラスに働いている。先生はこれを見越して、佐伯さんに声をかけたのだ。

「ANAのボーイング737－700型」

「……え？　ジャンボ機って、一種類じゃないの？」

「ちがうよ。ほら、ここ。ツバサの先が、上向きになってるでしょ？」

「細かいね！　っていうか、あたし飛行機に乗ったことないんだけど」

「700型には、もう乗れないよ。引退しちゃったから」

佐伯さんにもこの空間にも、想くんはすっかり馴染んだようで、ようやく普通に話してくれるようになっていた。

そんなふたりの姿を横目に、他の子どもたちは先生が——あれは観察している、と言った方がいいだろう。クリップボードを持ち歩き、なにやら気づいたことを黙々と書き込んでいる。おそらく前に言っていた、子どもたちの「行動観察」をしているに違いない。あえて声もかけず、一緒に遊ばず、ただその子が「どう過ごしているか」だけを徹底的に見て、その子の特徴や気づいたことを記録しているのだと思う。

そして真ん中に配置したローテーブルのゾーンは、眞田さんが一手に引き受けていた。

「おー。なによ、どうしたの？」

「けしゴムしたら、ノートがやぶれちゃった」

「いいんじゃない？　わざとじゃないんだし、そういうこともあるよ」

「でも……」

ノートを破ったことを、その女の子はずいぶん気にしているようだった。

「あ、いいこと考えた。その破れたページ、根元からキレイに切り取ってみる？」

「なんで？」

「キレイさっぱりなくなったら、破れたことも『なかったこと』になるでしょ」

「……そうかな」

「まぁ、やってみようよ。嫌なことを忘れる方法なんて、意外にカンタンだからさ」

「どうやってキレイにするの？」

さすが、眞田さん。小学二年生の女の子を相手に謎理論を展開して、あっという間に明るい表情に戻してしまった。やはりコミュニケーション・モンスターの前では、年齢性別など関係ないのだ。

その向こう側にあるのは、巨大な「壁アート」用のホワイトボード。

そこには濃紺スーツに襟元のたるみひとつない白シャツとネクタイ姿で、壁面ホワイトボードに見入っている大柄で肩幅のがっしりした男性——技術管理部の田端さんが腕組みをしたまま、相変わらず低くて聞き取りにくい声で唸っていた。

「これは……すごいですね」

ライトク本社の社内児童クラブは、最大定員が三十人。今日はトライアルということでクリニック課を臨時の「午後休診」にしてみんなで顔を出せたものの、本格的に稼働が決まれば毎日そうもいかない。かといって、佐伯さんひとりで目が行き届くはずもない。

そこで三ツ葉社長は学童指導員に興味のある社員が上長に希望を出せば、それを「社内業務」として認める権限を各部署の役職付き社員に与え、社内児童クラブに受け入れる子どもの上限人数は、その学童指導員の人数によって決めると通達した。

これはよく考えると、いわゆる大人の圧力(プレッシャー)だった。

上長が希望を認めなければ学童指導員は増えず、社内児童クラブに預けられる子どもの人数も限られてしまう。すると放課後児童クラブの待機児童を持つ社員や小一の壁に直面している社員の不満は、その矛先(ほこさき)を「社会制度の不備」から「子育てに理解のない上長」に変えてしまうだろう。

だからといって希望を許可して学童指導員に人を出すと、その部署のマンパワーは減る。でもそれで待機児童や小一の壁に悩んでいた、ライトクに勤める誰かが救われる。

——誰かの犠牲で何かが成立するシステムは破綻します。だから我がライトク社員には、お互いの背中をお互いが守り合い、この世知辛い世の中で共に戦い生き延びる戦友であって欲しいのです。

この前の説明会で、三ツ葉社長は役職付きの社員に向けてそう言った。まさかあの発言がこんな形で返って来るとは、誰も想像しなかっただろう。

それに対する反応は、子育て真っ最中の社員、子育てが終わって子どもが手を離れた社員、子育てには無縁の社員で様々だった。

でも相手は、同じ会社で働く社員の子どもたち。中にはこれを機に子どもたちとのふれあいや育児、発達心理学にも興味を持ち、学童指導員を希望する社員もいた。その第一号が、四角い顔に短髪オールバックと細い銀縁のメガネで、相変わらず無愛想で神経質なイメージを与えてしまう田端さんだったのだ。

「……もしかして変速機ですか？」

壁の大きなホワイトボードに黒ペン一色で、一心不乱に何か「器械」らしきものを緻密に描き込んでいる、小学三年生の男の子に見入っていた。

「むげんパンチを出すためのユニット」

その子は描き続けたまま振り向きもせず、田端さんに負けないぐらい、か細く早口でボソッと答えた。

「なるほど。ここの歯車が次第に大きくなっているのがポイントですね？」

「今はそのパンチをれんぞくで出すユニットをつなげてるの」

「連続……何発ぐらい出す予定ですか？」

「できるだけたくさん」

「しかしこのサイズの中に収納するにはパンチ自体を小さくする必要がありませんか？」

「小さいとたおせないでしょ」

「一発の威力を上げるのはどうですか？」

「……どうやって？」

「たとえばですが……素材を硬い物に変えてみるのはどうでしょうか」

「重たくない？」

「たとえばですが――」

男の子の隣にしゃがみ込んで、なにやらホワイトボードに図を描き込み始めた田端さん。その光景は、ちょっとした製作会議みたいだ。

そういう意味では先生の付けた「六歳からの職場体験」というタイトルも、あながち失敗ではなかったかもしれない。

ただ、今になってようやく冷静に考えられるようになったのだけど――一般的に言われている「児童クラブ」と、良い意味で「何か違いすぎる」ような気がしてならない。

子どもどころか結婚とも無縁の生活を送っていたので、あらためて世の中の「放課後児童クラブ」というものを調べてみたところ、各自治体の運営している公立のものだけでなく、やはり民間が運営しているものもあった。

それは主にＮＰＯや塾、あるいは教育事業に関連した一般企業から音楽教室、はたまたスポーツジム、大手企業から個人経営まで多種多様で「子どもの個性や趣味趣向に合わせて選ぶことができる」と謳っていた。

でもよく考えれば当たり前だけど、それらはすべて「大人の視点から提供されたもの」であり「企業の延長線上で可能なことが付加されたもの」を選ぶ形だ。

ところがこのライトク社内児童クラブは、その「向き」が明らかに違うと思う。

勉強したい子、絵を描きたい子、レゴで遊びたい子、本を読みたい子、ゴロゴロしたい子、ひとりが好きな子、みんなに交ざりたい子などなど——あくまで子どもたちそれぞれが持つ「特性」を「自由」に活かせるよう、この部屋の構造は可能な限り「子ども基準」で揃えられ、しかもそれらすべてが小児科医の指示と監督下に置かれている。

その上、様々な形での家庭支援の一環として、アウトレットのコーナーまで設置。

寝落ちするまで調べた範囲で、ここまで「子ども側からの向き」「家庭側からの向き」で考えられた児童クラブを見つけることはできなかった。

本当に保護者が安心して預けられるのは、こういう児童クラブではないだろうか。

「あの……すいません」

ふと、長机の自習コーナーで宿題をしていた女の子から声をかけられた。

「ん？　どうしたの？」

「あの、トイレは……」

靴の置き場所とトイレの場所は、ここへ来ると必ず最初に説明されること。

でもトイレは廊下に出て奥の角を曲がったところにあるので、正直なところ違う意味で、行きづらい。たぶんこの子もトイレの場所は知っているけど、ひとりで行くのが怖かったのではないか——そんなことを、インパラ・センサーが感じ取っていたのだ。

「私もここに入社した時、そうだったなぁ」

「……え？」

「や。五階のトイレ、ちょっと遠くて怖いなと思って」

「いえ、あの……」

「気にしないで。私もちょうど行こうと思ってたところだから、一緒に行く？」

「……すいません」

インパラ・センサーの感度は、まだ鈍っていないようだった。

「最近はだいぶ良くなったけど、トイレが近くて困ってるんだよね」

「お姉さんも、そうなんですか？」

お姉さん、という言葉に胸が熱くなったのは黙っておこう。

そんなことをしていると時間はあっという間に過ぎ、時刻は午後四時三十分。送迎車でやって来る子は増え続け、ついに最大定員の三十人に達してしまった。

「せ、先生……さすがに佐伯さんと田端さん、それに私たち三人では、ちょっと目が届かなくなってきましたね」

「確かに、俺個人なら全員の所在を把握できるが――」

そうだ。先生はやたらと視覚入力が強く、見た物すべてを瞬時に覚えてしまうのだった。

「――定時で終われたとしても、あと三十分以上。残業にでもなれば」

そこへ勢いよくバーンと入口のドアを開け、生産本部の制服ともいえる作業着姿の三ツ葉社長が現れた。

「ようこそ！　ライトク株式会社、社内児童クラブへ！」

「……ミツくん。そんな格好で、何やってるの？」

もちろんここに居る子どもたちは、あれがライトクの代表取締役だとは誰も知らない。長机で宿題をしている子たちなど、チラッと振り向いただけで勉強に戻ってしまった。

「はい！　ではこの中で、お父さんやお母さんがどんなお仕事をしているか、見てみたい人はいますか!?」

どうやら社長自らも学童指導員として子どもたちの世話をしたいようだけど、ちょっと勢いが良すぎる。そんな社長に近づいた先生は、何でもないことのようにサラッと聞いた。

「今日、飲んだ？」

「あーっと……飲んでないかも」

先生が無言で眞田さんに視線を送ると、部屋の隅に設置してある誰でも開けていい冷蔵庫から、すかさずペットボトルの水を持ってきた。

「はい、三ツ葉さん。どうぞ」

「あー、でも」

すると今度は先生が、なにやら銀色のシートに入った錠剤をポケットから取り出した。

「これ」

「さんきゅー」

お医者さん同士なので何の薬を飲んだかは、さて置き。

この淀みない流れを見ていると、どこかの漫画で読んだ「言葉は無粋」というセリフが思い出されてならない。

「それより、ミツくん。急にどうしたの」

「だって今日は『六歳からの職場体験』でしょ？」

「え……」

今ちょっと先生が嬉しそうな顔になったのを、見逃さなかった。

「誰が社内を案内するより、ボクが案内するのが一番だと思って」

「ま、まぁ……そうだけど」

「先生。ここに集まっているのは、輝かしい未来の納税者たちなんだよ？」

「三ツ葉さん。表現、表現」

さすがの眞田さんも動揺していた。

「それにこんな効果的なインターンシップの刷り込みチャンス、逃す手はないって」

「ミツくん、表現」

そのあたりは、先生にも理解できるらしい。

「はい！　ボクと一緒に会社を回ってみたい人ぉーっ！」

これが先生の言う、社長の「衝動性」というやつだろうか。ちょっと勢いが良すぎて、子どもたちの方が引いてしまう気がしてならない。

「はーい」

と思ったら、予想に反して五人の子どもが手を挙げた。

「いいね！　お名前は？」

「うちだあいな、です」

「あ、総務課の内田さんだね？　キミは？」

そうして駆け寄ってくる子どもたちを眺めている社長自身が、一番子どものように楽しそうだった。

「OK, y'all. Come with me.」

手招きと同時に、すでに部屋を出ようとする社長。

その姿を見た先生が再び無言の視線を眞田さんに送ると、その意味をすぐに察した眞田さんは、子どもたちの引率を引き受けて社長と一緒に部屋を出て行った。

「ミツくん、ずいぶん楽しそうだな」

「でも、先生。よかったですね」

「ん？」

「あの『六歳からの職場体験』ってタイトル、失敗じゃなかったじゃないですか」

「ま、まぁ……そういう意味では、アレではあるが」

またちょっと、先生は嬉しそうな表情を浮かべた。

今日はいろいろレアなものが見られて、いい一日だ。

そうこうしているうちに終業の時刻となり、定時で上がることのできる保護者の方たちが、お迎えに集まり始めた。

「先生、松久さん――」

入口から聞こえた声に振り返ると、そこには青柳さんの姿があった。

「――ありがとうございました。どうでしたか、想は」

先生はいまだにレゴで遊び続けている想くんと佐伯さんを指さし、笑顔で答えた。

「最初から最後まで、飽きずにずっとあの調子です」

「まぁ……宿題をやっておくように言ったのに、遊んでばっかり」

「ちなみに、佐伯さんもずっとあのままです」

「え……？」

「青柳さん。この四時間近く、レゴで遊び続けることは『勉強』には直結しません。ですがその途切れない『集中力』は、評価に値すると思いませんか？」

「ですが……それは、どんな子でも好きな遊びなら」

「この集中力がレゴ以外に向き始めた時のことを、想像してみてください。私は個人的に、想くんの将来が楽しみです」

青柳さんは黙って考えていた。

「そしてあの数々の飛行機を作り上げた、造形力。得てして今の教育現場では勉強＝学力＝進学に直結するもの以外、あまり目を向けないことが多いのではないかと、個人的に思えてなりません。その次に指導するのが『協調性』であったりすると、どうにも子どもたちを『大人の自分が理想とする大人』に育てたいのではないか、あるいは『教師の手を煩わせない子ども』にしたいのではないかなど、偏見すら持ってしまいます」

「でも先生、あの……こう言っても、悪く思わないでくださいね」

「どうぞ。青柳さんに悪意があるとは、少しも思っていませんので」

「先生や三ツ葉社長は、結局『凸』の部分で……その、お医者さんや社長になられたわけじゃないですか。なんていうか、やっぱり勉強ができないと……今の世の中」

青柳さんの言いたいことは、すごく理解できる。それは「持つ者」と「持たざる者」は、どこまで分かり合えるのかということだ。

「青柳さん。子育てには誰かが決めた正解があって、そこへ辿り着くための方法を探さなければならないという『思考の向き（ベクトル）』は、常に正しいのでしょうか」

「……ど、どういうことでしょう」

「ポップ・ミュージシャン、映画監督、俳優、作家、実業家、発明家――芸術や感性、手先の器用さや発想の独自性など、子どもたちの『凸』の部分は決して勉強や学力だけに限ったものではなく、むしろそれ以外の『点数や数字で評価できないもの』に多く見出されるものです。そしてそれを生業（なりわい）として、その世界の第一線で活躍されておられる方々も大勢いらっしゃいます」

むしろ先生は笑顔で想くんを見つめたまま、青柳さんの言葉を気にしている様子は少しもなかった。

「ですから子どもたちは、それぞれに適した育成を受けた結果、そこに自らの意志と資質を加えて、それぞれがこれからあるべき形に成る――そういう向きで育つべきではないかと、個人的には日頃から思っています」

「想の、これからあるべき形……」

それはつまり、決められたゴールに向けて走るのではないということ。それぞれのペースや方法で――時には歩いたり、タクシーに乗ったり、遊んだりしながら、結果として到達した場所と姿が、その子のゴールということを意味しているのではないだろうか。

「以前、青柳さんから質問をいただきましたね。子育てに『正解』はないのかと」

「すみません。あの時は」

「もちろん『必ず良くなる子育て方法』などは存在しませんが、子育てに『絶対必要なこと』と『絶対良くないこと』は存在します」

「えっ⁉」

「絶対必要なことは『子どもたちが安心できること』、絶対良くないことは『子どもたちの自己評価を下げること』です」

そんな先生の説明を聞いていると、実は皮肉にも同じことが親にも当てはまるのではないかと思った。つまり青柳さんは、子育ての不安が頭から離れず、常に「安心できない」まま、いつしか「親としての自己評価を下げていた」のではないかと。

「青柳さんは、沖縄の方言に『なんくるない』という表現があるのをご存じですか？」

相変わらず先生は、急に何を言い出すのやら。

「まぁ……意味は、なんとなくですけど」

「がんばっていれば、それでいいじゃないか。あるがままで気にするな。それが『なんくるない』の意味らしいのですが、子育ても基本的には、これでいいような気がします」

うつむき気味だった青柳さんは、それを聞いて顔を上げた。

「青柳さんは、子育てをがんばっていらっしゃる。だからそれを過小評価することなく、親としての自己評価を決して下げず、クリニック課やこの社内児童クラブを利用しながら、あるがままで気にせず『なんくるない』でやってみませんか」

「先生……」

耐えきれず涙を浮かべた青柳さんの手を、いつの間にか側で想くんが握っていた。

「だいじょうぶ？　つかれた？」

「……ちょっと、疲れてたのかもね」

「じゃあ今日は、チョーシ丸のおスシにしようよ」

「そうしよっか」

いつしか職場も家庭も戦場になってしまい、どこにも「個人」としての安息の地がなくなってしまった、働き養い、そして育てる者たち。

先生が企画し、三ツ葉社長がそれに呼応した社内児童クラブは、そんな人たちの生活の一助となる、新時代の福利厚生になる可能性を秘めているのは間違いない。

ただ、これを実現するためには、どうしても乗り越えなければならない、険しい壁が待ち構えていることだけは事実だった。

【第五話】社長は正しくお金を使いましょう

電池が切れた――。

ある朝、クリニック課を訪れた三ツ葉社長がそう言った。

それを聞いた先生は「そうか」とだけつぶやいて、五階の社内児童クラブの鍵を社長に手渡した。眞田さんはうなずきながら「仕方ないよ」と言っていたものの、三ツ葉初心者にとっては何がどうなったのやらサッパリだ。

唯一頼まれたのは、受付用ディスプレイの横に置かれたひとまわり小さなモニターを、少しだけ気にしておいて欲しいということ。

それは社内児童クラブの室内が死角なく四分割で映されるように設置された、防犯カメラの監視映像。この前の『六歳からの職場体験』は好評で、むしろアンケートには「本社以外にはいつ設置されるのか」と、まだ始まってもいないうちから予約が殺到していたものの、中長期的な予算の目処がついていないので本格的には稼働していない。

つまりあの部屋は今日、社長だけがフリーダムに使っているのだった。

「お大事にしてくださいね――あぁっ!?」

「えっ!?」

お会計が終わった患者さんを脅かしてしまうのは、今日これで何度目だろうか。

「す、すみません……ビックリさせてしまって。こちらのことです、申し訳ありません」

「……大丈夫ですか？」

「え、えぇ……まぁ、私は」

社内児童クラブの監視モニターに、キッズコーナーの中で横向きに倒れてピクリとも動かない社長が映っている。

こんな光景、何度見ても慣れるはずがない。

すぐにインカムで、先生に連絡を入れた。

「診察中、失礼します。先生、あの……三ツ葉社長が、また」

「ん？　あっ――」

診察ブースにも、薬局窓口にも、同じ監視モニターが設置してある。

つまり、三人がかりで三ツ葉社長の様子を監視しているのだった。

「――ズームで見ると、腕枕しているな。呼吸も安定しているので、たぶん様子を見に行って声をかけるだけで大丈夫だと思うが……低血糖があるかもしれないので、念のため」

「ポカリと、森永ｉｎゼリーですか？」

「すまない。患者さんの会計処理を終わらせたら俺も行くので、先に頼めるだろうか」

「了解しました」

ショーマ・ベストセレクション棚からポカリスエットのペットボトルと森永ｉｎゼリーを手に取り、急いで五階まで駆け上がること、本日二度目。先生と眞田さんも一回ずつ様子を見に行っているので、朝からこれで合計四回目となる。

社長に何が起こっているのか、先生と眞田さんは理解しているからいいとして。何度その説明を受けても生後六ヶ月の医療事務には難しく、ヒンヤリとした汗が背中を伝うと同時に、トイレをガマンするので精一杯になる。

――ミツくんは、あれでバランスを取っているんだよ。

「ハァ、ハァ――たぶん、今回も――」

どう見てもすでにバランスを崩して、倒れているとしか思えない。

たった二階分なのに、階段ダッシュで息が切れる。社内用のパンプスが走りづらくて仕方ないけど、のんびりエレベーターなんて待っていられない。

「――大丈夫だよね、絶対」

いっそ裸足になってしまおうかと考えているうちに、五階の児童クラブに着いた。

「失礼します！　社長、大丈夫ですか!?」

かなり失礼だけど、仕方ない。待ったナシで飛び込むと、キッズコーナーで横たわっていた社長が、ぐにゃっと軟体動物のように寝返りをしながらこちらを振り向いた。

「んー？　あぁ、松久さんかぁ……」

「よかった！　あの、これ先生から」

滑り込み正座で、社長にポカリと森永ｉｎゼリーを差し出した。

少しも痛くないわ——まさかこんな形で、キッズコーナーのクッション性を体感するとは思いもしなかった。

まずはポカリを受け取った社長は寝転んだままフタを開けると、ガボガボッと上向きで喉に流し込む。よくもそんな姿勢でむせ込まずに飲めるものだと感心していると、今度は森永ｉｎゼリーのフタを歯で噛んでカチッと捻り開け、ブシュッと音が聞こえるぐらい握りしめて一気に口の中に絞り切ってしまった。

「あー、おいし。ごめんね、迷惑かけちゃって」

ちょっとだけ、声に張りが出たような気がする。

「あ、社長。ゴミはこちらでお預かりします」

「なに言ってんの。松久さんの手が汚れるでしょ」

そのシワだらけになったどう見ても高そうなスーツのポケットにねじ込むより、七万倍マシだと思うけど。

「あの、社長……」

キッズコーナーのクッションマットの上で、スマホが動画を垂れ流していた。どうやらゴロ寝のまま戦争映画を観ていたようだけど、あれが寝落ちなのか倒れているのか、正直なところ先生ぐらいしか判断できないと思う。

そもそも社長が朝イチからキッズコーナーでゴロ寝して、半日以上もスマホで映画を見続けた挙げ句、朝起きてから何も口にしていないものだから軽い脱水と低血糖を繰り返しているなんて、どういうことだろうか。

その時、生気のないまま無表情で言った、朝のひとことを思い出した。

——電池が切れた。

想像でしかないけど、おそらく社長の脳内回転速度は、先生よりさらに何倍も速いと思う。その代償を払うかのように、知っているだけで「強烈なフラッシュバック」「耳鳴」「聴覚過敏」「ひどい口渇」「やたら落ち着きがなくなる」「衝動的」などなど、高次脳機能のバラつきを人よりたくさん、そして強く持っている。

そんな人がこのライトクを建て直し、日々動かし、判断し、維持しながら新しい試みを始め、社員を大事にするあまり無謀にも思える福利厚生を実現しようとしているのだ。

それは「電池」も切れるだろう。

ただし電池は、充電するか入れ替えればまた動き出す。そのあたりの表現がとても社長らしいと思ってしまい、またもや社長推しのゲージが上がっていく。

株式会社ライトク代表取締役、三ツ葉正和（まさかず）——四十歳。今は何も聞かず、ここで静かに充電か電池の入れ替えをさせてあげるのが一番なのだ。先生と眞田さんが口をそろえて言っていた「あれでバランスを取っている」の意味を、ようやく理解できた気がした。

ただ、正直なところ——確実に社長のファンではあるものの、社長と一緒に生活するところを想像すると大変というか、想像できないというか、普通の人にはまず無理なのではないかとさえ思ってしまう。

「……安心して、休んでくださいね。私たち三人が、常にモニターで見てますから」

そう言って立ち上がろうとした時、社長が腕枕をしたまま見あげてつぶやいた。

「松久さんは、いい人だね」

「や、あの……私は先生に言われて、持って来ただけですから」

「普通は走って来ないよ」

「それは……」

「相変わらず琉吾先生は、人を見るセンスがあるよなぁ。いいなぁ、直感だけで松久さんをクリニック課に引き抜くんだもんなぁ」

褒められ慣れていない人間は、褒められても緊張してしまう。

ただし褒められることは、認知行動療法として良い方向の【感情】を確実に生むと学んだし、実際そうだと実感する。褒められることの裏側ばかりを探さず、素直に褒められることに慣れていき、この【感情】を良い【考え方】と【行動】に繋げていきたいものだ。

「でも大丈夫だよ、松久さん。絶対なんとかするから、待っててね」

「……え？　何をです？」

それだけ言うと、ごろんと再び背を向けてしまった社長。インパラ・センサーを駆使しても、その意味はまったく理解できない。

直後、先生がドアを開けて入って来た。

「マツさん、ありがとう。モニターで見ていたが、大丈夫のようだな」

「バランス、取られてるんですね」

「ん？　ミツくん？」

「先生は、どうやってバランスを取られているんですか？」

「……ん？」

その質問に、先生は珍しく戸惑っているようだった。

▽　▽　▽

その次の週末、金曜日――。

「一生のお願いがあるのだが」

「……はい？」

「今日は終業後に、時間をもらえないだろうか」

そんなことを先生に朝から真顔で言われては、トイレの頻度も増えるというもの。おまけに相変わらず理由までちゃんと話してくれないまま業務が始まってしまったので、タイミングを逃してそのまま聞けずじまい、というか改めて理由を聞けるはずがない。

もちろん何かを期待しているわけではないけど、いつもと違うことを言われただけでまだ何も起こっていないのに、心拍数が常に高い。これだけで有酸素運動ダイエットにならないだろうかと思うほどで、変な汗をかいていないかさえ気になった。

たぶんおそらく、せいぜいまたファミレスで食事をしたい——ぐらいだと思うのだけど。

「受付機器と電子カルテ、バックアップかけまーす」

今日一日、仕事が上の空にならないように細心の注意を払いながら、なんとかミスなくやり遂げた。この「ミスなく」が普通にできる人には、決してこの達成感は分かってもらえないだろう。

「マツさん、お疲れ」

診察ブースから出てくるだけでドキドキさせるのは、これで終わりにしていただきたい。

「あ、お……お疲れ様でした」

「言っていた、その……このあと、大丈夫だろうか。もしアレなら、アレなのだが」

いつも表情が乏しくアルカイック・スマイルが限界なのに、なぜ今日に限ってそんな恥じらいの表情を浮かべられるのだろうか。

ここは元気に、勢いで返事をするしかない。

「はい！　だ、大丈夫です！　何も予定ありませんから！」

「そうか、よかった。では、今から――」

絶妙のタイミングで、眞田さんがクリニック課に戻って来た。

「お疲れしたー、って……なんです？　この、ビミョーな空気は」

「いっ――え、別にこれといって」

事実、まだ何も始まっていないし、なんなら何に誘われているかも知らないのだ。そんなに動揺する必要はないのだけど、動揺してしまうのだから仕方ない。

「ちょっと、リュウさん。奏己さんに、ちゃんと言っといたの？」

「言ったが？」

「えっ⁉」

「ほらー。この奏己さんの反応、ちゃんと伝わってない証拠でしょうよ」

なぜ眞田さんが、先生から謎のお誘いを受けたことを知っているのだろうか。

「いや。俺は確かに朝、マツさんに――」

「今日はこのあと、三ツ葉さんと社食で飲むって、ちゃんと言った？」

「えーーっ!?」

いきなり社長と飲み会も驚きだし、飲む場所が社食というのもさらに驚きだ。

「この話、聞いてました？　奏己さん」

「あ、いや……まぁ、そこまでは」

ヤレヤレと首をすくめる眞田さんに、先生は体裁が悪そうだった。

「ということで、マツさん。今日はアレだ。その、どうしてもミツくんが……いつもの」

「ねぇ、なんで動揺してんの？　ぜんぜん説明になってないじゃん」

ということで、眞田さんが代わりに説明してくれた。

どうやら社長は、今後の経営計画になんとしてでも社内児童クラブを組み込むため、誰にも有無を言わせないぐらいの額の資金調達に目処を立て、社内各所に慣れない根回しをして回り、第2四半期の決算を無事に終えたらしい。でも社長はすぐに相手の退路を塞いで正論を吐いてしまうので、そもそも社内の「政治的なやり取り」が特に苦手――というか、大嫌いだという。

その結果、ストレス過多になってしまい、それがあの「電池が切れた」状態だったのだ。

ふたりがライトクに中途採用される前にも、そういう「電池切れ」は定期的に起こしており、それは同時に「気心の知れた仲間だけで飲みに行きたい」というサインでもあった。

どうやら社長の交友関係はそのほとんどが仕事絡みで、プライベートで仲の良い友人は、意外にもごく数名だけ。そのうちのふたりである先生と眞田さんも自社の社員＝部下になった今、なぜか妙に気を使って「飲みに行こう」と気軽に言えなくなっていたらしい。あれだけフランクに社内をうろつき、日に何度もクリニック課に顔を出していたわりに、変なところで気を使う——それこそが、三ツ葉社長クオリティなのかもしれない。

そこで眞田さんがどういう手段を使ったのか知らないけど、三ツ葉社長の秘書さんからこっそりスケジュールを聞き出し、「終業後の社食で飲み会」という、ちょっと社内の空気的にはどうかと思う企画を立てたのだった。

「……なるほど、そういうことでしたか」

「何かまた、アレでしょ？　どうせリュウさん、大事なところを抜かしてたんでしょ？」

「あー、いえ……まぁ、なんて言うか」

勝手に想像を膨らませて、勝手に心拍数を上げていたのは、こちらの勝手。わりと楽しい想像と緊張に挟まれて一日を過ごせたので、結果的には何の問題もない。

「それより、なんで『社食』なんですか？」

「三ツ葉さんの大好きな行きつけの店って、社食の大将が以前に構えていた居酒屋だったんですよね。オレらとも、だいたい飲むのはあそこでしたから」

「そういえば、そんなことを前に聞いたような……」

「けど、畳んじゃったじゃないですか。それでも三ツ葉さん『大将は居るんだから、大将の料理が食べたい』って、駄々コネちゃって。たぶん、なんか『ひと仕事』終わったんじゃないですかね」

「ひと仕事？」

「ガーッと集中してた仕事が片付くと、だいたいこのパターンで呼ばれましたから」

「いつも、大将のお店だったんですか？」

「ですね。ま、さっさと閉めて行きましょうよ。三ツ葉さん、めちゃくちゃ楽しみにしてましたから」

社長ぐらいになると、銀座、六本木、麻布などなど——あらゆる高級な食事接待を受けていると、勝手に思っている。それだけ舌が肥えた人でも「好きな味」は、高級店のものとは限らないのだ。もしかすると行きたくなるのはその味だけではなく、そのお店の持つ雰囲気やスタッフさんたちの雰囲気——それが「好きなお店」「行きたくなるお店」なのかもしれない。つまり社長は、大将が好きなのではないだろうか。

そんな話をしながら社食に向かう途中、すれ違う社員たちは家路を急いでいた。

「お疲れ様でしたー。お先に失礼しまーす」

「あ、お疲れ様でした」

社内が帰宅の雰囲気一色になり、早々に電気が消されている場所もある。それなのに今から、残業でもないのに社内に残って「社食」で飲み食いするという。そんな社食の入口には自社製の整列用ポールに黄色いベルトパーティションが引かれ、「CLOSED」のプレートがかけられていた。

普通、会社はさっさと帰りたい場所だ。

でもこの雰囲気はなぜか、放課後の下校時間をすぎて薄暗くなった教室に残っているような、なにか悪いことでもしているような——そんな背徳感にも似た、それでいて憧れていたけど誰とも過ごせなかったあの頃の時間を取り戻しているような、何とも言えない不思議な浮かれ気分になってきたから困ったものだ。

と考えて、そんな社長と先生と眞田さんの楽しい飲みグループに、自分が交ざっていいものか急に不安になってきた。

「あの、先生……私、交ざってもいいんですか？」

「エ……やはり、なにか用事が？」

ベルトパーティションを外していた先生が、フリーズしてしまった。

「や、そうじゃないんですけど……これって、社長と仲のいい人たちの飲み会ですよね」

「そうだが？」

「そこに私が交ざるのは」

「はいはい、そこまでー」

いきなりポンポンと、眞田さんに肩を叩かれた。

「奏己さんはオレらと同じ、クリニック課のスタッフですよね」

「まぁ……そのつもりで、がんばってますけど」

「奏己さんとは別に仲が悪くないっていうか、仕事以外でもむしろ仲良くやっていけるんじゃないかって、オレとリュウさんは勝手に思ってるんですよ」

「は、はぁ……どうも」

こんな時、普通の人は何と言って返すのだろうか。

「で、三ツ葉さんとオレらは昔からの付き合い。だったらそこに仲のいいスタッフを呼ぶのは別に普通だと思うんですけど、奏己さん的にはどうですかね」

「私は、その……嬉しいんですけど、こういうのに慣れてなくて」

草食動物がサバンナで生き抜くために必要なスキルは「群れる」こと。群れで行動して、誰かが危険を察知して、それを合図にみんなで一斉に逃げる。時には弱者をひとり肉食動物の犠牲にしてその隙に逃げるのは、人間社会も野性の世界も同じだと思っている。

唯一の違いは、人間社会で群れていると「出る杭は打たれる」ということ。それが嫌だから誰とも群れず、どこの集団にも属さず、それでもこの会社のサバンナで生き抜くために、インパラ・センサーが発達したのだ。

などと、あれこれ屁理屈をコネてみたものの、要は新しい集団に属するのが怖いだけ。

眞田さんは、かなりハードルを下げてくれている。クリニック課には、この三人しかいない。それでも自分がここに居ていいのか、どれぐらいのフレンドリー深度まで一緒に潜っていいのか分からない。気づけばみんなとはぐれて、見知らぬ海にひとりぼっちで深く沈んでいくのは嫌だ——この発想が高校生の頃から十年以上も変わらないのだから、自分でも呆れてしまう。

そんな湿度100%のジメジメな気持ちを、やたらハイな声が吹き飛ばしてくれた。

「おーい、こっちこっち！　定時で終われたんだ！」

社食のテーブルには、すでに社長が座って手を振っていた。こんなに高々と大振りな合図をする人を、現実の世界で久しぶりに見た気がする。

つまり、社長は思ったより元気そうだった。

「いやいや、三ツ葉さん。社長が定時上がりする方が、社会的にはアレかもですよ？」

「あっ、松久さん⁉　ゴメンね、ムリ言って！　今日、なんか用事なかった⁉」

「はいっ⁉　いえ、その……ほ、本日はお招きいただき……」

何だかこれはこの場にそぐわない気がするものの、他に何と言えばいいか分からない。

「マツさん。誘ったのは俺だが？」

挙げ句に、隣で先生が不満そうな顔をしている。

「えっ？　や、そうですけど……」

「待ってよ、なに言ってんの。奏己さんも誘おうって最初に言ったの、オレじゃん」

「ショーマ、それは記憶の改ざんだ。しばしば人間の記憶というものは、自分に不都合なことは時系列を変えたり、時にはその内容すら変えてしまう不確実なもの」

「それ、今のリュウさんのことでしょ？」

「どこが？」

「いや、全部」

このふたりは時々、本当にどうでもいいことで張り合う。

でもむしろ、今はそれがありがたかった。

もしかすると、あえてそういう話の流れにして、余計なことを考えなくて済むようにしてくれているのではないか——そんな風にすら思えてしまうのだった。

▽　▽　▽

向こう側に社長と眞田さん、こちら側に先生と並び、四人でテーブルを囲む社食の夜。

あえて商談席にせず、厨房に一番近いテーブルを社長が選んだのは、やはり大将に声が届かない距離が嫌だったからかもしれない。

「すごいですね……」

とりあえず社食にお通し小鉢の「白魚と大根おろし」「秋ナスとそぼろの餡(あん)かけ」が、

さらにはすでに大皿の「刺身の盛り合わせ」が出ていることに、速攻で違和感がバリバリと走る。その盛り付けや飾り切り、木製の箸置きに、小洒落た和紙のランチョンマットは、完全に居酒屋のそれだった。

「三ツ葉社長。最初は、いつものビールで？」

厨房の中から、さらに大将が居酒屋感を上げていく。

「あー、それでお願いしまーす」

「さすがに樽は残っちゃうと困るんで、瓶でいっスか？」

「ははっ。意外にみんなで、ぜんぶ飲めたかもよ？」

「今週もう一回これをやってもらえるんなら、樽を注文して開けたんですけどね」

社食の厨房奥に置かれた生ビールの樽を想像すると、社長が毎日ここで一杯飲んで帰る未来しか見えない。

「ねぇ、大将。オレのから揚げは？」

「あとで、揚げたてを出します。刺し盛にサーモンを入れときましたから、そっちからつまんでてください」

「おっ、マジで？　ラッキー」

言われて大皿を覗くと、サーモンはお刺身と漬けの二種類が用意されていた。

どうやら眞田さんのお気に入りは、から揚げとサーモンらしいけど、そのチョイスがなんとなく可愛らしい。

「レモンサワーで？」

「うん。酸っぱくないヤツね」

ドリンクまで、どこか可愛らしい。

「大将。俺は——」

「森さんは、レバーの炙りからっスよね」

自らお皿を運んで来た大将は、ごま油と塩だけでいただくという「レバーの炙り」を、先生の前に置いた。

「これは……とても懐かしいな」

「あと、ハイボールでいいっスか」

「それで」

「なんか、錦糸町（きんしちょう）の頃に戻ったみたいっスね」

感慨深そうに「レバーの炙り」を眺めている先生も、社長と同じように嬉しそうだった。

みんなそれぐらい、大将の料理とお店が好きだったのだろう。

それを今ここでみんなと再び体験できるなんて、まるでタイムスリップして自分がそこに交ざっている「ｉｆの歴史」を経験している気分だ。

「松久さんは、あったかいウーロン茶で？」

「あ、はい」

温かいというポイントを外さないのも、大将クオリティ。

「社食メニュー以外だと、何が好きか分かんなかったんで……とりあえず、これを」

そう言って出されたのは、カラッと揚げられた魚。三枚におろされた切り身と一緒に、頭付きの中骨部分が自分の尻尾をくわえて輪を描いていた。

「おーっ、サンマの変わり揚げかぁ」

誰よりも早く反応した社長を嬉しそうに見ながら、大将が丁寧に説明してくれた。

「これ、衣に『あられ』がまぶしてあります。こっちは、パン粉。頭と中骨もガッチリ火い通してありますんで、よければ骨ごと食べれます。それを――」

「やっぱ、カレー塩だよね！」

最後に何で食べるかを説明してくれたのは、眞田さんだった。

「すごいですね、大将。なんか、ぜんぶ手が込んでて」

「割烹で修行してたんで、これぐらいは」

なるほど。だから今でも、作務衣がトレードマークなのかもしれない。

「でもこれ……全部、ひとりで作られたんですよね」

「今日はこの、ひとテーブルだけっスよ？　楽勝ですって」

大将は笑いながらみんなのドリンクをひとりで準備して、また厨房へと戻って行った。

個人経営の居酒屋の大変さを、まさか社食で感じるとは思わなかった。

「じゃ、乾杯ねー。お疲れさまー」

何の前ぶれもなく、ものすごく軽い感じでビールグラスを掲げた社長。

「お疲れーっす！」

「お疲れ」

とりあえず仕事終わりには間違いないので、こんな感じでいいのだろう。

「お、お疲れ様でした」

でも温かいウーロン茶に口を付け、お通しの「秋ナスとそぼろの餡かけ」をひとくち食べてから、我に返った。

――これ、何の飲みだ？

「琉吾先生、レバーちょうだいね」

「いいよ」

「奏己さん。サーモンの漬け、ウマいですよ？」

「あ、いただきます」

「わさび、どうします？」

「うーん……サビは抜きで」

――だからこれ、何の飲みだ？

そんな疑問が薄ぼんやりと消えないまま、流されるように居酒屋メシをいただいていると、やっと先生が社長に話を振ってくれた。

「で、ミツくん。どうなの？」

社長の中で何がどうなって、この飲み会になったのか。

これでようやく、本日の本題に入れるようだった。

「ん？　なにが？」

「体調」

失礼しました。何はともあれ、まずは体調の確認からだ。すっかり元気そうだとはいえ、これではクリニック課のスタッフとして失格だ。

「まぁ、ストレスがなくなったから……大丈夫でしょ」

「じゃあ、あっちの話はうまくいったんだ」

「ん？　あっちって？」

あらためて「あっち」「こっち」「それ」「これ」などなど、いわゆる指示語とは何と曖昧なものだろうと感じる。それをすでに小学校の国語で「空気を読む練習」「察する練習」として、テストや中学入試で試されている気がしてならない。

「お金だよ。社内児童クラブの運営資金」

今度こそ、今日の飲み会の本題だろう。

社長を悩ましていたのは、やはり社内児童クラブの「お金」問題だったのだ。

「あぁ、それね。何とかしたよ――」

軽っ――という言葉を、口に出すギリギリで飲み込んだ。あれだけの児童クラブを、各営業所や生産本部など、ライトク社員すべてが利用できるよう複数箇所に設置するというのに、そんなに軽く「何とか」なるものだろうか。

もう空にしてしまったビールの瓶を、社長はセルフで社食のカウンターへ返しに行った。

「――大将。シークワーサー・サワーある？」

「言うと思って、用意しときました」

社長だからといって、ひとりで厨房を回している大将を呼びつけ、空瓶を渡して次のドリンクを頼んだりしない。そういうところが「三ツ葉社長テイスト」なのだ。

「何とかって、ミツくん……本社以外にも設置するわけだし、かなりの額が」

社長は座る前からシークワーサー・サワーを飲みつつ、大将が運んで来た「から揚げ」を眞田さんより先につまんでかじった。

「熱っ！」

それを見た眞田さんが、ニヤッと悪い顔で笑う。

「もー、三ツ葉さん。猫舌なのに、欲張るからですよ」

「だって昇磨くん、いつも気づいたら全部食べちゃってるからさぁ」

「から揚げは、熱いから美味しいんです」

「今日はご飯、いらないの？」

「いやいや。今日、メインは鍋らしいですからね」

「あ、雑炊か」

ちっとも本題が進まないけど「まぁ、いいか」と思えてしまう空気が不思議でならない。

いや、それは仕方ないだろう。

なぜならこれ、場所は社内の社食だけど、基本的には内輪の飲み会なのだから。

「ねぇ、ミツくん。どうやって『赤字確定』の福利厚生を、会社に組み込む気なの。放課後児童健全育成事業の補助金が取れた場合の試算もしてると思うけど、どうせ格安でやるつもりなんだろうから、赤字は確定だよね」

「……三百円ぐらいは、もらうつもりだけど」

「まぁ……そのあたりは任せるよ」

やはり先生も、そこを気にしているようだった。

新型ウイルス感染症の世界的大流行で注目され始めた「企業内診療所」でさえ、設置しているのは大企業ばかり。それなのに医療も福利厚生、薬局も福利厚生、そして今度は児童福祉も福利厚生にするという。ライトクに勤務して七年も経てば、ライトク(うち)ぐらいの規模の会社ではそれが困難なことぐらい、経営や社長業にはまったく無知でも分かる。

「琉吾先生、大丈夫――」

シークワーサー・サワーをすでに半分ぐらい飲んでしまった社長は、刺し盛の皿に可愛く丸まって乗せられていた茹(ゆ)でイイダコを食べると、なぜか半笑いでこう言った。

「――カネならあるんだ」

カッコイイんだか、怖いんだか、判断に困る社長のひとこと。

まさか社長、本当に「ゴッドファーザー」ではないだろうか。眞田さんも先生も、社長を見たままショートフリーズしていた。

「それ、『MIKインダストリー』と『mtジェネティクス』からの協賛のこと?」

「足りない、足りない。協賛は、他からも取りつけたよ。子供服の『mighty-M(マイティエム)』、インテリアの『Mitra(ミトラ)』、あと不動産系の『エスペシアル山手(やまて)』からは、寄付も」

「……寄付?　不動産系企業が、うちの社内児童クラブ事業に?」

「そう。ご寄付、いただきました」

一瞬の静寂の後。眞田さんがレモンサワーをひとくち飲んで、つぶやいた。

「三ツ葉さん。それ、ぜんぶ『バーチャル麻衣子さん』の会社(とこ)ですよね?」

「まぁね。こんなのにカネ出してくれる人、他にいないでしょ」

出た、謎のバーチャルな人。

そんなことは気にもせず。食べごろ温度になったか指で確認してから、三ツ葉社長はから揚げをひと口で頬張った。こんなに頬を膨らませてリスのように食べる人も、なかなか見かけないだろう。

「協賛って、年単位です？」

「そのあたりは、大丈夫。短期契約じゃないから」

「薬剤師のオレが言うのも、アレですけど……その、いろいろ大丈夫なんですか？」

隣の先生も、神妙な顔でうなずいている。

しばしば耳にする、協賛やスポンサーという言葉。要はお金を出す代わりに「イメージアップ」や「商品アピール」など、目に見えない効果を買うことだと思っている。だとしたら、なぜそんなに多くの企業がうちの福利厚生である「社内児童クラブ」に、自社や商品のイメージアップやアピール効果があると判断したのか分からない。しかもその額は、中長期的に運営を維持できるほどだという。

その答えは、間違いなく「バーチャル麻衣子さん」だろう。なぜならすべて露骨に「バーチャル麻衣子さん」の持ち会社だというのだから、推理する必要すらない。

しかしそれだと、逆に相手側の会社内で問題にならないかという心配が強くなってくる。中長期的に続けなければ意味のない社内児童クラブが、スポンサー側の社内都合で協賛途中の打ち切りは困る。そのことを含めて、眞田さんはいろいろ不安に思っているのだ。

「あのさ、昇磨くん。社長の仕事って、経営計画、資金調達、新規ビジネス開拓、重要事項の判断と決断、ライトクを永続させるための方針決定とか……まぁ、めんどくさいことが色々あるわけじゃない？」

「ですね。オレには全然ムリですけど」

「その中で一番大事な仕事は『従業員の労働環境を整え育成すること』なんだよ」

「あー。それ、前から言ってますもんね」

「だってそうでしょ？　会社を動かしてるのは、機械でもＡＩでもない。社員という人間が、部署という臓器を動かして、その臓器が連動して会社を成立させてるんだからさ。その生きた細胞を健全により良く、病気にならないように管理して、病気になったら治療する。必要だったら手術もする。ぜんぜん難しくない普通の話だよ」

その表現が、とても社長らしかった。

傾いたライトクを立て直すと、三ツ葉社長が就任した時。経営の立て直し＝大量のリストラを誰もが噂したけど、予想に反して厳密な意味でのリストラは行われなかった。その代わり、細部にわたる徹底した粛正——社長の言葉を借りれば「不正や不適切な人材の排除」が行われたのだった。

ライトクには予想外の部署や人に、予想外の腐敗が蔓延（まんえん）していた。それはお小遣いレベルの横領から物品の持ち出しや私物化、水増しされた資材購入額、情報漏洩から技術系人材の流出斡旋などなど。それに対して社長は、挙げればキリがないほど細かいことまですべて排除すると宣言し、そして本当に実行した。

もしかするとあれは、社長なりの「治療」や「手術」だったのだろうか。

「家庭も会社も世の中も、医療も福祉も、何でもそうだけどさ。カネがあれば、だいたいのことって成立するでしょ」

そして社長は、身も蓋もない現実を淡々と告げた。

それを言ったらおしまいなのだけど、それが否定できない現実でもある。

「出た。三ツ葉さんの名言」

「お金で人生のすべては買えないけど、九割は買える。残りの一割までぜんぶ手に入れようとする人は、世の中を分かっていない人だから長生きできそうにないしね」

またひとつ社長の名言をゲットしたけど、これは使いどころが素人には難しいだろう。

先生も、珍しく苦笑していた。

「ミツくんは、変わらないな」

「ねぇ、ねぇ。リュウさんも、何かそういうカッケー決めセリフないの？」

「そうだな……考えてみるか」

「や、ごめん。やっぱ、いいや」

「なぜ」

「言わせる気？」

眞田さんの言いたいことは、何となく分かる。

そんなふたりを見ながら、社長も微笑んでいた。

「だからさ。ボクはその社員のために、どこかからカネを引っぱってくればいいのよ。それでも上手くいかない時は、カネの使い方や向きが間違ってるだけ。治療方針や診断の見直しをするのは、そんなに難しいことじゃないって」

シークワーサー・サワーを飲み干すと、社長はおかわりをもらいに厨房へと席を立った。

「リュウさん。出所（でどころ）が『バーチャル麻衣子さん』なら、大丈夫じゃない？」

「そうだな。そもそも『バーチャル麻衣子さん』は、ミツくんの始めた持続可能な労働環境目標【ＳＷＥＧｓ】にも賛成だったわけだし」

今は百歩譲って、麻衣子さんという謎の人物はヨシとしよう。

でもなぜ「バーチャル」と付くのかだけは、どうしても気になる。知りたい。そして「バーチャル」の使い方が本当にそれで正しいのか、是非とも確認したい。

そんな気持ちが顔に出てしまっていたのか、眞田さんに察知されてしまった。

「あ、そうか。奏己さん、知りませんよね？」

「バーチャル麻衣子さんのことですか⁉」

食いつきが良すぎて恥ずかしいけど、許して欲しい。そんなの、誰でも気になって仕方ないに決まっているはずだ。

「なになに。何の話？」

そこへ、シークワーサー・サワーのおかわりを持った社長が戻ってきた。

「ミツくん。マツさんに『バーチャル麻衣子さん』のことを話してもいいだろうか」

「えっ？　あぁ、はいはい。どうぞ、どうぞ」

思ったより、極秘事項ではないらしい。

「マツさん。実は麻衣子さんという人物、ミツくんとは学生の頃からの付き合いだという以外、俺もショーマもその姿さえ見たことがない」

「え……でも、あれですよね。先生と社長は、医学部の同級生だったんですよね？」

「そう。俺が十八の頃からだ」

「でも、見たことがないんですか？」

「そう。声も聞いたことがない」

「写真も？」

「ない」

先生と社長は、かなり仲がいい。むしろ社長の数少ない友人のひとりでもある。それなのに十五年以上、まさに見たことも聞いたこともないなんて、本当にあり得るだろうか。

「でも、実在はされるんですよね？　会社経営もされてるワケですし」

なぜここで黙ってしまうのか。

これでは本当に、麻衣子さんが「バーチャル」な存在になってしまう。

「うーん、実在はするのだが……その関係は『内縁の妻』というにはお互いに婚姻の意志もなく、同居もしていないし、共同生活の実態もない。言うなれば概念や枠組みや法律に囚われない、まさにパーソナルなリスペクトと愛情だけの関係……だろうか、ショーマ」

「あー、そんな感じがピッタリかも」

「……でも、眞田さんも見たことないんですよね？」

「ないっスね」

これは本来あまり気にしなくてもいい話ではないかと錯覚してしまうほど、清々しい。

「オレから言えるのは、ふたりの前では夫婦、恋人、親友なんて言葉さえ無粋だと思いますし、これも人間関係の多様性のひとつ——つまりカテゴライズしたり枠に入れたりできない『境界線のない連続体のような関係』なんじゃないかと」

「な、なるほど……」

そんな関係があり得るのか、あり得ないのか、それすらも定かではない。

確かに「バーチャル」と呼びたくなるのも分かる気がしてきた——ということにした。

「そういう意味では、ショーマ。おまえの『姉さん』もバーチャルだな」

「はぁ？　なにそれ。実在するし、見えてるし、聞こえてるし」

「どこに？」

不意に、眞田さんがこちらを指さした。

「……え？　私、ですか？」

「ある意味、ですけどね」

「なるほどな」

なぜ先生まで、それで納得できるのか分からない。

「ちょ――待ってください、先生。それ、どういう意味なんですか？」

「まぁ、マッさん。そのあたりは、よしなに」

よしなに、の使い方を間違えていないだろうか。

正直、言っている意味がまったく理解できない。

「ははっ。ふたりの中では、相変わらず麻衣子はバーチャルなんだ」

そして他人事のように、三ツ葉社長は楽しそうに笑った。

「もう、いいんですよ。三ツ葉さん以外は誰も会ったことないんですから、オレらの中では『麻衣子さんは実在しないバーチャルな存在』っていう設定にしたんです」

「そう。そもそも、詮索する意味もないので」

いや、意味は十分あると思う――そんな気持ちを、社長だけが汲み取ってくれた。

「あのね、松久さん。麻衣子は東京の『山の手線の内側』に不動産をいっぱい持つ家に生まれてさ、自分も非上場の会社をかなり経営してるんだよね」

「あっ、そうなんですか！」

やっと、まともな答えが聞けた気がした。

「ボクの福利厚生アイデアは『今の社会に必要なもの』だって、ありがたいことに全面協力してくれてさ。今までもライトク（うち）には協賛、交際費、寄付——いろんな形で支援してくれてるんだよ」

「な、なるほど……すごい方なんですね」

そのお金、返さなくてもいいのか——などと、下世話（げせわ）なことを考えてしまう。

「なんでボクのことを気に入ってくれてるのか……いまだに分かんないよなぁ」

遠い目をする社長に対して、絶対に言ってはならない言葉が頭に浮かんできた。

麻衣子さん、要は大金持ちの「パトロン」ということではないだろうか。

だとしたら、もうひとつ考えなければならない謎が生まれてくる。

ちょっと想像できない、その膨大なお金——社長はなぜ自分のことではなく、すべてライトクの福利厚生に回してしまおうと思ったのだろうか。

そんなことを考えていると、ちょっとは休憩しなさいとばかりに、大将が卓上コンロと鍋を運んで来てくれた。

「お待たせしやした。メインのアンコウ鍋っス」

一番喜んだのは、もちろん社長だ。

「えーっ！　もう、そんな季節だったっけ⁉」

「好きでしたもんね」

「これ美味しいんだよ、松久さん。アンコウ鍋って普通は、鍋具材の上に『あん肝』が何切れか乗ってるだけでしょ？」

「……は、はい」

食べたことがないので、なんとも言えない。

「でもこれ、見てごらんよ。あん肝、どこにも乗ってないでしょ？」

「……はい」

あん肝がどんな形で、何色かすら知らない。

「溶けてるんだよ、出汁に。すごくない？　味噌ベースの出汁に、あん肝を溶かし込んじゃってるアンコウ鍋。これ凄く濃厚で、めちゃくちゃ美味しいんだよ？　ね、大将」

「焼いた中骨とかアラとかで、ガンガン出汁取ってますからね」

そんなアンコウ鍋に関する力説を受けている中。気づけば大将もシュワシュワした何かの入ったグラスを持って来て、社長の隣で立ったまま飲み始めた。

「それより、三ツ葉社長。あれ、どうなったんスか？　社内保育園」

「社内児童クラブ？」

「それそれ。やっぱ、これっスか？」

大将は親指と人差し指で輪を作り、お金の心配をしていた。

「あぁ、それは何とかしたよ」

「マジすか？　じゃあ子どもらの『おやつ』とか『お持ち帰り弁当』とか、やります？」

「うん、お願いすると思う。いちおう協賛だから、箸袋か弁当箱かどこかに企業名を入れたヤツ作るの、ちょっと待っててね」

「いやぁ、三ツ葉社長。次から次に、すごいスね。社食（ここ）のカネだって、結構かかってるじゃないスか」

さすが、元居酒屋の大将。自然な感じでお金の話題を振ってくれる。

「ボクは、全然すごくないよ」

「えー？　だってそこまで福利厚生をやる社長なんて、聞いたことないスよ？」

なぜか、社長自らアンコウ鍋をみんなに取り分け始めた。

ここで出遅れるのが、松久奏己クオリティ。

でも誰も気にせず、社長のやりたいようにやらせているようにも見えた。

「大将は知ってる？　最近の若い子たちが言う『ガチャ』ってやつ」

「あれっスか。百円入れて回したらカプセルが出てくる、『ガチャガチャ』ですか」

すかさず、先生と眞田さんが妙な角度で食いついた。

「エ……あれは『ガチャポン』と言うのでは？」

「オレらは『ガシャポン』って言ってましたけど」

みんな微妙に違っているけど、たぶん「カプセルトイ」のことを言っているのだと思う。

「最近の子たちはソシャゲなんかの課金で馴染んでる言葉らしいんだけど、いろいろ上手いこと言うんだよ。たとえば『配属ガチャ』『上司ガチャ』、あとは『親ガチャ』とか」

「あー、なるほど。パチスロの『引き』みたいなモンですかね？」

大将のたとえはよく分からないけど、要は自分の努力では何ともできない運に左右されるものにはだいたい当てはめられると、個人的には思っている。

「ボクも、それと同じだよ――」

そう言って社長は、ひとくち美味しそうにアンコウ鍋の出汁を飲んだ。

「――ボクは麻衣子というレアカードを『ガチャ』で引いた。そのカネを有効に使える社長の立場にあることも、ある意味『ガチャ』で引いたラッキーカードかもしれない」

黙々とアラの中骨を探しては、銀色のガラ入れに取り出している社長。その姿はライクの代表取締役ではなく、ただの気さくな飲み仲間。

ただしその顔だけは、凛とした社長のままだった。

「ガチャで引いたカネなんだから、社員とその家族に還元するのがベストだよ。なによりそうすれば、ボクが死ぬ時、そのこと思い出して笑いながら死ねるしさ」

お金を持っている人間がその使い方を変えるだけで、小さな世界の誰かを少しだけ幸せにできる。それが汚れた悪いお金でない限り、社長は決して使うことを惜しまない。

先生は以前、三ツ葉社長は「笑いながら死ぬために生きている」と言っていた。

今ならその意味が、少しだけ理解できる気がする。

社長は決して、自分の為になんかお金を使ったりしない人なのだ。

「社長……」

「ん？　どうしたの、松久さん。あん肝は溶けてるから、塊はないよ？」

そしていつものように、ニッと歯を見せて笑う社長。

そんな社長が新設したクリニック課で、今は医療事務をしているという事実が、なんだか不思議と誇らしかった。

「……私、がんばります」

「え？　がんばるとか、がんばらないとか、松久さんは考える必要ないと思うけど」

「はい……？」

ここはどう考えても、そういう感じの「前向きな話」をする流れだと思う。

似たような展開、前にもなかっただろうか。

「だってさ。がんばっても、できないことはできないでしょ」

「や、まぁ……それは、そうですけど……」

正論だけに、何も言えない。

「なのに『がんばる』って勝手に自分でいろんなことのハードルを上げてると、勝手に自分でつまずいちゃって、いつの間にか自己評価が下がって——最悪だよ？」

「……ですかね」

そんな感じのことを、たしか認知行動療法でも学んだ気がする。

「みんな、順番が逆なんだよ。逆」

「逆……？」

「まずは、自分にできそうなことを探す。見つけてから、そのできることをがんばる。それがいつまでも見つからないかもしれないし、すぐ見つかるかもしれない。探すのがめんどくさい時もあるし、やたら自分にできることはないかと探したい時もある。でも、そんなのは運——それこそ、こういうのを『ガチャ』って言うんじゃない？」

そしてまた、社長は歯を見せて笑った。

「じゃあ……私にできることはないか、探してみます」

「そうそう。みんな、それでいいの」

そんな調子で社会でやっていけるのかと、今まで何度も言われた記憶がある。

誰もが目に見える努力と、すぐ出る結果を求めている。

それでも社長は、こう言ってくれた。

自分にできることは何かを探してから、がんばる――。

やる気がないように思われるかもしれない。

でもそれこそが、適材適所というもの。

それぞれに秘められた凹凸が輝く、最善で最短の方法なのかもしれない。

この作品はフィクションであり、実在する人物、団体等には一切関係ありません。また、作中に登場する傷病等への対処方法や薬剤処方の内容は、架空の登場人物に対するものであり、実在する同じ症状や疾病の全てに当てはまるものではありません。